極《ごく》道《どう》ハニー

名《な》倉《くら》和《わ》希《き》
ILLUSTRATION：基《もと》井《い》颯《たつ》乃《の》

極道ハニー

LYNX ROMANCE

CONTENTS

熱く青く

あの日のことを、十六年たったいまでも猛《たける》はよく覚えている。

「坊ちゃん、オヤジが呼んでいます」

小学校から帰ってすぐ、出迎えてくれた若い組員にそう言われて座敷に行った。こんな早い時間に父親が帰っているなんて珍しい。

なにか組に大変な問題でも持ちあがったのか、それとも猛がこのあいだのテストで最悪の点数を取ったことが母親から伝わったのか。

おそるおそる座敷に顔を出すと、父親の清孝《きよたか》と一緒に高校生くらいの男がいた。どこから連れてきた芸能人なのかと、最初は唖然《あぜん》とした。

テレビから抜け出してきたようなきれいな男だった。濃い蜂蜜色の柔らかそうな髪と、白い肌、灰色がかった青色の瞳——あきらかに外国の血が入った容姿をしている。

グレーのブレザーは制服だろう。背筋を伸ばして正座している姿は凛《りん》として、日本的な潔さも感じた。

「猛、今日からこの家に住むことになった、眞木里見《まきさとみ》だ。高校一年生だから、おまえとは四つ違いだな。仲良くしなさい」

清孝がそう言うと、まったくの日本名を持つ美少年は、美しい所作で猛に頭を下げた。

「眞木里見です。よろしくお願いします」

「よ、よろしく…。俺、熊坂《くまさか》猛、です」

つっかえながら自己紹介したところ、里見が「猛……」と口の中で呟《つぶや》く。猛の顔をじろじろと眺め、やがてなにかをこらえるようにして下を向いた。

どう見ても新しい組員ではないだろう。猛が知らなかっただけで、遠い親戚かなにかだろうか。猛の家には若い組員がいつも何人か住みこんでいるが、里見ほど年が近い者はいない。一人っ子の猛にいきなり兄ができたようなものだが、相談もなかった事実に腹が立つことはなかった。清孝はいつだって唐突で、こうと決めたら譲らないからだ。

「二階の東南の角部屋をおまえのために空けた。送られてきた荷物は運びこんであるはずだ」

「ありがとうございます」

里見はまた丁寧に頭を下げる。猛は数日前から隣の部屋を組員が掃除しているのを知っていた。なにに使うのかなと思っていたが、どうやらそこが里見の部屋になるらしい。

そこへ猛の母親の由香《ゆか》がやってきて、「して欲しいことや困ったことがあったら、なんでも言ってね」とにこやかに話しかけた。面倒を見ている若い組員たちへの態度とかなり違うなと、猛ははっきりと感じた。

あとで聞いたところによると、里見の父親は組員で、組長である清孝を庇《かば》って命を落とした。父親と二人暮らしだった里見は、十六歳にして一人になってしまったのだ。離婚したロシア人の母親が長男とともに関西で暮らしていることはわかっていたが、清孝が引き取った。

役目を全うした舎弟への恩は当然あったが、頭脳明晰で肝《きも》が据わっている里見に期待するものもあったらしい。

「猛、二階へ案内してあげなさい」

清孝に命じられて、猛は嬉々として里見を二階へと促した。

熊坂家は案内が必要なほどの豪邸ではないが、明治から続く極道で一般的な民家とはケタ違いの大きさではあった。

二階の角部屋に案内すると、宅配便のダンボール箱がいくつか積まれ、新品のベッドと勉強机が置かれていた。

里見は窓を開けて日本庭園をちらりと見下ろし、グレーのジャケットを脱いだ。ワイシャツ一枚になった里見の背中に、猛はドキッとする。

着痩せするたちなのか、里見は意外とがっしりとした骨格をしている。よく見ると、手も足も大きい。うらやましいことに、これから体がどんどん成長していきそうだ。猛の小さな手足とはちがう。

こんなにきれいな顔をしているのに、体も大きくなるなんて、すごい。猛は里見の端整な横顔を陶然と見つめた。

「猛って、小六？」

「あ、うん。今度、中学……」

里見は横目で猛を見てきた。同性の目を色っぽいと感じたのははじめてだ。どぎまぎする自分に、猛はうろたえた。

「猛ってさ」

里見はいきなりプッと吹き出した。

「すごい、名前負け」

頭を思い切り殴られたようなショックだった。確かに猛は勇ましい名前とは裏腹に、小柄で細くてぽやんとした印象の顔をしている。

「そ、そっちだって、変な名前っ。里見なんて、女みたいな名前じゃないか」

ムカついて言い返してしまった。親がつけた名前を揶揄《やゆ》するなんて、してはいけないことだとわかっていたのに、つい口走ったのだ。

言われた里見は言い返すことなく、ふっと鼻で笑った。いかにも小馬鹿にしています、といった表情に、猛はカーッと頭に血を上らせる。無言で部屋を飛び出した。隣の自分の部屋に駆けこみ、ベッドにもぐりこむ。

ムカつく、ムカつく、ムカつく。あんなやつと絶対に仲良くしない。口もきかない。目も合わすもんか。

子供ながらに真剣に誓ったが、夕食の時間にテーブルを囲んだとき、もろくも決意は崩れた。きれいな所作で食事をする里見に見惚《みと》れたのだ。見ないようにしようと思っても、視線が引きつけられてしまう。

里見はその容姿ゆえに見られることに慣れているのか、他の組員の好奇の視線も一切無視していた。

いつも堂々としている里見。気高くて、孤独を匂わせながらも余裕があって、いつも猛のはるか前を歩いている。追いつきたくて、猛は走る。里見が本気になったら完全に引き離すことなんて造作もないだろうに、なぜかそうはならない。

時折、振り向いては、餌をチラつかせるようにして言葉をかけてくれたり、助けが欲しいときに手を差し伸べてくれたりする。

そのたびに猛はもっと自分を見てほしくて、構ってほしくて里見に近づく。けれど里見は甘い顔を見せてはくれない。ちいさな期待と失望は何度も繰り返された。

はじめて出会った十二歳のときから、猛は里見しか見ていない。十六年たったいままでも、それは変わらなかった。

◇

アタッシェケースを手に黒塗りのベンツから下りると、待ち構えていた組員たちが一斉に頭を下げた。

「お疲れ様です」

鷹揚な態度で軽く頷《うなず》き、猛は月伸会《げっしんかい》の本部ビルに入った。天井が高いエントランスは陽光が降り注ぐデザインになっており、優良一般企業のビルにしか見えない。だがそこここでたむろしているのは一目で極道者とわかる男たちだ。

「あ、若。お疲れ様です」

猛も顔を知る古参の組員が気づいて会釈してくる。月伸会の会長は猛の父親、清孝だ。

清孝が広域指定暴力団の二次団体である月伸会の会長におさまったとき、猛は熊坂組の組長を継いだ。八年前、二十歳のときだ。

いまではほとんどの組員が猛を組長と呼ぶが、昔馴染みの者は「若」とか「坊ちゃん」と呼ぶ。見下されているわけではなく、親しみをこめてそう呼ばれているのにくわえて、猛の外見が十代のころとほとんど変わっていないのも理由のひとつだろう。

猛は組長として格好をつけるためにいつもダークな色合いのスーツを見につけているが、ラフな服装になればたちまち十代の学生に間違えられる。身長はかろうじて百七十センチあるが、ちいさい頭にさらさらの黒髪、子犬のような印象の黒い瞳と繊細すぎるラインの鼻、ピンク色の小ぶりな唇は二十八歳の極道者には見えなかった。手入れなどまともにしていないのに肌は白くて艶々《つやつや》だし、鍛えても筋肉がつかない体質だった。

努力ではどうにもならないことがあると、猛は十代後半に諦めた。この姿のままで生きていくしかない。運がいいことに周囲の人間に恵まれて、猛はマイペースで生活していくことができていた。

古参の組員は猛が持つアタッシェケースをちらりと見た。月に一度、猛はこうして上納金を持ってくる。中には百万円の札束がいくつも入っていた。

「若はきちっと納めるから偉いですな」

まるで親戚の子を褒《ほ》めるような口調に、猛は苦笑する。

「まあ、言われたことをやっているだけなんだけど」

「いやいや、それができないヤツの方が多いんですから」

その組員とはエレベーターの前で別れた。

エレベーターを下りると、いつものように猛は若頭の部屋に向かう。建物内はどこもかしこも掃除が行き届いてきれいだ。通路に置かれた観葉植物の葉にも、ほこりなど積もっていない。

隅々まで気配りがしてあると、羽振りがよく見える。暴力団事務所といえども、その点は一般企業とおなじく徹底したほうがいいと主張したのは、月伸会の現若頭である眞木里見だ。

「お疲れ様です」

目指すドアの両脇にいかつい体つきの組員が二人立っていた。片方の男がドアをノックして、猛の来訪を中に告げる。すぐに「通せ」と返事があり、ドアが開かれた。

猛は緊張しながら足を踏み入れた。

窓を背にして里見が立っていた。久しぶりに見る里見は、記憶の中の里見よりもずっと格好良く見える。

ライトグレーの明るい色のスーツが似合っていた。濃い蜂蜜色の髪は後ろに撫でつけられ、凛々しく整った顔があらわになっている。

彫りの深い顔立ちはやはり日本人には見えない。半分は日本人の血が流れているはずだが、ロシア人の母親の特徴がかなり受け継がれていた。

青灰色の瞳が猛を睥睨《へいげい》する。酷薄《こくはく》に見える目の色の通り、里見は非情な若頭として組員に恐れられていた。

八年前、猛の父親の清孝が会長になったとき、同時に里見が二十四歳の若さでナンバー2の若頭になった。

百九十センチの長身と、それに見合った肩幅と胸板の厚さは、なにもされていないのに前に立たれると恐怖を抱く。

その体格は見かけ倒しではなく腕っぷしは強く、さらに頭まで切れるとなれば、異例の人事に不平不満を垂れていた面々も黙るしかない。いまでは実質、月仲会を回しているのは里見だと言われるほどになっていた。

猛はさすがに数年間といえども一緒に暮らしたせいか、里見を怖いと思ったことはない。

里見に会うときに緊張するのは、好きな男に会える喜びのせいだ。

「今月分の上納金、持って来た」

猛は内心を悟られないように、ちょっとだけぶっきら棒な態度でアタッシェケースを差し出す。里見は優美な眉をくっと上げてみせ、無言で受け取る。中身を確認して、頷いた。

「確かに受け取ったが……」

里見は帯封がしてある札束をひとつ取り出し、冷めた目で眺めながらぱらぱらと指先で弄《いじ》る。

「……なんだよ。決められた金額はきっちり持って来たけど？」

「当たり前だ。きっちり持って来られるように、俺がシノギを回してやっているんだからな」

そう言われてしまうと猛は黙るしかない。

猛がまとめている熊坂組は、歴史は長いがシマは下町と呼ばれる地域で、歓楽街があるわけでもない。歴史ある由緒正しい神社とちいさな商店街があるくらいだ。

神社の祭事を取り仕切ったり、商店街のみかじめ料を集めたりするくらいのシノギしかなかった。

里見が不動産関連のシノギを回してくれなければ、毎月、上納金を期限内におさめるのは無理だろう。おさめられなければ組長である猛が責任を取らされる。月伸会としては、会長の息子のメンツを保つために、わざわざシノギを用意して手配しているというわけだ。

もちろん、用意されたシノギでも、それを上手くこなさなければ金にはならない。その点、猛の組には手足となって動いてくれる忠実な組員が多く、彼らがみな自身の役目を果たしてくれるのでモノにすることができていた。

「切れ者の会長を親に持ちながら、どうして息子のおまえはこのていどのシノギしかできないんだ。情けない」

会うと、必ずといっていいほど里見は嫌味を言う。

「もっと自分で金儲けの方法を考えろ。その頭はお飾りか？　脳みそ詰まってんだろう」

酷い言われようだ。だが腹は立たない。むしろ冷酷な目をした里見の輝きに魅入られて、ぼうっとしてしまう。

「猛、聞いているのか」

呆れた口調で名前を呼ばれ、猛はハッと我に返った。

「あ、うん、聞いてるよ」

「嘘をつくな」

里見はため息をつき、手にしていた札束をアタッシェケースに戻した。

里見が長い足でゆっくりと歩み寄ってくる。

手を伸ばせば届きそうな距離まで近づいてきた里見は、二十センチ上から猛を見下ろしてきた。こんなに近くで見つめられるなんて、ものすごく久しぶりだ。灰青色の瞳がまるで宝石のようで、そのきらきらした美しさに猛はまたもや目を奪われてしまう。

里見が自分を見つめている。視線に焙《あぶ》られるようにして、頰がじわじわと熱くなってきた。連動するように心臓がどきどきしてくる。

「猛……」

低く名前を呼ばれた。暴《あば》れる心臓は、体中に音を響かせてうるさいほどになっている。

驚くことに、里見の右手が猛の頰に触れてきた。わあ、触られたと内心で大騒ぎをしている猛を知ってか知らずか、里見は無表情のまま指先で頰を撫でるようにしてくる。

なんだなんだとなかばパニックになりかけたとき、不意に里見の指が猛の頰をむにゅっと抓《つね》った。

「痛てっ」

思わず顔を引いた猛から、里見はあっさりと手を離す。

「なにすんだよ、痛いだろっ」

頰を抓るなんて、いったいなんのつもりか。

里見はふふんと鼻で笑った。

「警戒心の欠片《かけら》もなくのほほんとしているから試しただけだ。おまえはつくづく極道に向いていないな。オヤジは正しかった。せいぜい熊坂組ていどのちいさな集団しかまとめることはできないだろうよ」

「うるさいな、そんなこといまさら言われなくても自分でわかってるっ」

頰に触れられてついうっとりしてしまった自分が恥ずかしい。どんな顔で里見を見上げていたのだろうか。隠し続けている気持ちを悟られやしなかったかと、猛は動揺もあらわに視線を泳がせる。

「これは預かった。また来月、持ってこいよ」

里見は開きっぱなしだったアタッシェケースの蓋をカチリと閉めて、薄い笑みを浮かべた。猛をからかって機嫌が上向きになったようだ。

昔から里見には猛の反応を見て楽しむところがある。かなり迷惑だが、なんにせよ構ってもらうのが嫌ではないので猛は本気で怒ることができない。

「気をつけて帰れよ」

「……じゃあな」

本心ではもっと里見と話したいが、もう帰れと促されては部屋を出ていくしかない。里見は猛と違って忙しいのだ。

後ろ髪を引かれる思いで若頭の部屋を出て、エレベーターに乗る。エントランスに下りると、車寄せにすでに乗ってきたベンツが待機しているのが見えた。猛を下ろしたあと地下の駐車場に移動していたはずだから、里見が連絡したにちがいない。

「手際がいいことで……」

拗《す》ねた気分になりながら、たしかに自分が月伸会の本部ビルに長居しても意味はないと、渋々ながらも納得してエントランスを通り抜ける。

「お気をつけて」

出迎えてくれた組員たちが、見送ってくれた。片手を上げて適当にねぎらい、猛はベンツに乗った。

「お疲れさまです」

「うん……」

運転しているのは熊坂組の組員で、スキンヘッドでいかにも極道といった黒いスーツと金ピカのネックレスを見につけているが、気の良いヤツだ。バックミラーでちらりと猛を見て、「なにか言われましたか？」と気遣ってくる。

「いや、特になにも」

頬を抓られたことなど恥ずかしくて言えないし、能無しのように言われたことは「なにか」のうちに入らない。

「元気出してください。組長は、オレらの太陽なんすから」

「なんだよ、それ」

猛は笑って「いいから車を出せ」と命じた。

ベンツはゆっくりと動き出す。猛はシートに体を預けて、軽く目を閉じた。顔に触れられた指の感触と痛み、眩《まぶ》しいばかりの男ぶりだった里見の姿を思い出す。

里見に会ったのは二週間ぶりだった。ささいな用事で母親に呼び出されて実家に戻ったとき、里見にちらりと会って以来だ。

猛は五年ほど前に家を出て、熊坂組の事務所の近くにマンションを借りている。里見は変わらずに熊坂家の二階に住んでいた。清孝の実子が出ていき、引き取った舎弟の息子が暮らし続けているわけだが、里見はすっかり家に馴染み、もはや生まれたときから住んでいるような顔をしている。

それについて猛は特に抵抗はない。家と親を奪われたとは思わなかった。むしろ、里見に家族のようなものができてよかったと思う。熊坂家が里見の実家になればいいと、子供のころから思っていた。

「………浴衣《ゆかた》……」

車窓を眺めながら、つい憂いを帯びたため息がこぼれる。二週間前に実家で会ったとき、風呂上がりだったらしく里見は浴衣姿だった。

がっしりとした体軀《たいく》に絣《かすり》の浴衣はよく似合っていた。すこしはだけた襟元や、濡れた蜂蜜色の髪をかきあげる仕草に、濃厚な男の色気が漂い、いけないと思いつつも視線がひきつけられ、貪るようにじっと見つめてしまった。

うっかり股間が反応しそうになってしまったのは極秘事項だ。里見に知られたら、いつもの百倍くらいの毒舌でめった打ちにあわされそうだった。

どうして自分を顧みてくれない男を性懲りもなくずっと好きなのだろうか――。

たぶん猛はメンクイだ。はじめて会ったとき里見の美しさに心を奪われた。以来、いじわるをされても突き放されても、一途に想い続けている。我ながらしつこい。

里見が猛をそういう意味で受け入れてくれる日は来ないだろう。里見は父親の清孝を尊敬しているし、そもそもゲイではない。適当に女と遊んでいるが、男とどうこうしたという話は聞いたことがなかった。

望みがないのだから諦めてしまえばいい。

頭ではわかっていても、心が思うとおりにはいかない。男でも女でも、とにかく里見以外の人間を好きになれたらいいのにと、猛はこの十六年間、何度も思ったものだ。

そんなふうに不毛な恋について つらつらと考えていると、いつのまにかベンツは熊坂組の事務所に着いていた。

月伸会本部とは比べようもない古びた三階建てビルの二階に、熊坂組がある。

一階はもう二十年以上も変わらず営業を続けている大衆食堂で、当然のことながら組員のほとんどが常連客だ。三階は個人の会計事務所で、熊坂組の経理を見てくれている。

「おかえりなさい、組長」

頬に大きな刃物傷がある初老の組員が、満面の笑みで迎えてくれた。気を抜くと猛を「坊ちゃん」と呼んでしまう、子供のころからよく知る山岸《やまぎし》という男だ。

「どうでした、本部は。会長には会われましたか」

「いや、若頭に会ってきたよ」

「えっ、大丈夫でしたか？」

そう心配してきたのは猛より年下のアキラという若い組員だ。清孝の下についている月伸会幹部の息子で、幼馴染みのような存在でもある。

「大丈夫って、なにが？」

「あの若頭、うちの組長のこと、目の敵《かたき》にしているじゃないっすか」

ほとんどの熊坂組の組員は、里見の態度に不満を抱いている。でもそれは、うわべだけを見ているせいだ。

「里見は……悪いヤツじゃないよ。現に、ウチにシノギを回してくれているだろう？　厳しい態度を取るのは、俺が会長の息子だからって甘くしていたら月伸会として示しがつかないからだし」

いまさらこんなことを言わなくてもわかっているだろうが、組長として上部団体幹部の悪口を聞き流すわけにはいかない。

「……すみません」

アキラは素直に頭を下げたが、不服そうな表情はなかなか元に戻らない。猛は仕方がないなと思いながら奥へと向かおうとする。

「あの、組長」

アキラが呼び止めてきたので、まだなにかあるのかと振り返る。

「なに？」

「あ……いや、いいっす」

物言いたげにしながらもアキラは結局口を閉じた。言いたいことがあるらしいとわかるが、ためらっている段階なら無理に聞き出しはしない。そのうち話すだろうと、猛は組長の部屋に行った。

二階の一番奥まった場所にある組長の部屋には、水貝《みずかい》というアロハシャツを着た男がいた。組長のデスクにちょいと腰をひっかけ、片脚をぶらぶらさせている。

水貝の外見はチャラい。冗談のような、白と紺の縞模様のフレームが目を引くサングラスをして、耳にはいくつもピアスを光らせている。足元はいつもビーチサンダルだ。さすがに真冬はスニーカーになるが。

「お帰り、組長」

こんな格好をしているが、猛には忠実だ。

中学時代の後輩だった水貝は、高校中退後、熊坂組にやってきて、以来ずっと猛の手足となって働いてくれている。

「ただいま。留守中、なにかあった？」

「大事件はなかったけど、電話が一本あった」

「どこから？」

ジャケットを脱ぎながら来客用のソファに座る。水貝はサングラスをずらして上目遣いで猛を見てきた。

「塚本《つかもと》のオッサン。また車上荒らしだってさ」

「また？　警察は？」

「届けたけど、犯人の手掛かりがあんまりないっつって、早くも捜査が暗礁《あんしょう》に乗り上げてどうこうって言ってた」

「手掛かりがない？　あのパーキングには監視カメラをつけたんじゃなかったか？」

「節電のためにスイッチが切ってあったらしい」

「なんだそれ。意味がないじゃないか」

塚本というのは商店街の一角で有料駐車場を経営している地主だ。トラブルがあるたびに、こうして熊坂組を頼ってくる。もちろん事件性があれば警察に届けるが、早急な解決を求めるときは連絡してくるのだ。

「あとで電話して詳しく聞く。他には？」

「ないっすね。平和そのもの」

つまらなさそうに肩をすくめる水貝に、猛は「それでいい」と頷いた。

「ウチの組長はマジで平和主義だなぁ」

「別に主義ってほどのものじゃないけど、俺は親父に任されたこのシマを大切に思っているから。住人には何者にも煩《わずら》わされずに生活してほしいだけだよ」

「はいはい」

猛の性格などよく知っているくせに、留守番がよほど暇だったらしく、水貝はあくびをしながらいい加減な返事をする。

「それで、若頭は元気でしたか」

「……会長に会わなかったことをもうだれかに聞いた？」

「さっき山岸さんとアキラにそう話してたじゃないすか」

水貝は組長の部屋にずっといたはずだ。ドアは閉まっていた。情報収集能力に長《た》けた男だが、地獄耳でもあるらしい。

「里見は元気だったよ。あいかわらず嫌味も好調だったし」

「たいした嫌味は言われていないでしょう。あの人の本気はもっと毒がありますからね。組長に対しては甘い」

「甘い？　そう？」

「そうっす」

水貝がニヤリと意味深に笑うから、もしかして秘かな想いを気づかれているのかもと疑ってしまう。だからといって、知っているのかなんて聞こうものなら藪蛇《やぶへび》になりかねない。

「あ、そうだ。忘れてた。ちっさな事件があったんだった」

「なに」

「新入りのミケがまた揉《も》めてましたね」

「ああ、あいつか……」

先月、熊坂組に入ったばかりの三池《みいけ》は、まだ十八歳の男だ。古参の組員の紹介だったので引き受けることになったが、本人には単に行くところがないから来たという意識しかないのが見え見えだった。

こんな態度で組に馴染めるのかと危惧《きぐ》していたら、案の定、極道として生きていく覚悟を決めている他の組員たちと毎日のように衝突している。

普通の組なら、生意気で礼儀を知らない新入りは拳でしつけるのだろうが、熊坂組は猛が無意味な暴力を許していない。必然的に怒鳴りあいになる。

「相手は主にアキラ」

「アキラ？」

ついさっきなにか言いたげにしていた様子が思い浮かぶ。このことだったのかもしれない。

「すげぇうるさかった」

「…そのうち一階から苦情が来そう……」

「もう来た」

定食屋の営業中に怒鳴りあいをしたら、かなり聞こえるだろう。あとで謝罪に行こうと猛は決めた。

そのまえに三池と話をしたい。

「ミケはどこ？」

ため息をつきつつ水貝を見上げる。

「帰ってはいないはずだから、ジャン室の隅っこでケータイいじってんじゃないすか」

組員たちは日中の暇な時間、この事務所の中で麻雀をしたりテレビを見ていたりするが、三池はその輪に加わろうとしない。部屋の隅で携帯電話をいじっているのが常だった。

「ミケを呼んでくれるか？」

「アイアイサー」

水貝は軽い足取りで部屋を出ていき、すぐに三池をともなって戻ってきた。三池を猛の前に立たせ、水貝はドアの前に立つ。なにかあったらすぐに対応できる位置にいるのは、組員の習性のようなものだ。

三池は不機嫌そうな顔で斜め下を見ている。

栄養状態が悪いのか、ひどく痩せて肌はかさかさだ。ジャージを着崩して短い髪を立たせた姿は十八歳の若者だが、全身から滲む倦怠感《けんたいかん》と憂鬱感は生きることに疲れた老人のようだった。

組に入れるとき、だいたいのプロフィールは聞いた。よくある話だ。母子家庭で母親は水商売、一人でいたくなくて中学時代に夜遊びを覚え、軽犯罪は一通りこなしているようだ。逮捕歴がないのは、単に運が良かっただけだろう。中学から不登校で、高校には行っていない。

「ミケ、俺の留守中にまた揉めたそうだが、どうした？」

「………………」

「原因は？」

「………………」

「返事をしろ」

「……………どうもしてないっす」

ぼそぼそと小さく否定してくる。素直に話さないのは想定内なので、猛は視線で水貝を促した。

「こいつの方からみんなに突っかかったみたいっすよ」

「ミケから？」

「組長が出かけたあと、月伸会の会長と若頭のことを喋ってたところに、ミケが『つまんねえ話』だとか『どうでもいいことばっかりでよく盛り上がるな』とか、言ったらしいから」

「ああ……」

組になんの思い入れもない三池にしたら、上部団体の噂話には興味なんて欠片もないのだろう。

「そうしたらアキラがキレて、こいつに手を出して」

「……どこに？」

三池の顔のどこにも殴られたあとは見られない。

「腹に一発」

「ああ、なるほど」

見えるところに殴ったあとがあれば猛がすぐに気づく。わからないようにボディに拳を入れたのだろう。

「ミケ、気に食わないことがあっても、とりあえず黙ってろ。おまえは一番の新入りなんだから」

「…………」

三池は返事もせず不貞腐《ふてくさ》れている。

「腹を殴られただけですんだのは、組員たちが我慢したからだ。そのくらいはわかるだろう？」

無言の三池はため息だけをつき、早く終わってくれないかなと生徒指導をされている中学生のような態度だ。子供みたいだと、猛は呆れた。

「おまえ、普通の組だったら、兄貴分を馬鹿にするようなことを言って腹に一発じゃ済まないんだぞ。半殺しにされても文句は言えない」

「だったらそうすればいいじゃないっすか」

三池は挑戦的な目で猛を睨んできた。

「だいたいこの組は甘いんすよ。みんな口を開けば組長が組長がって、最初どこのファンクラブかと思いましたよ。バッカみてぇ」

言葉に詰まった猛の視界の隅で、水貝がプッと吹き出した。

実際、いまの熊坂組の組員は清孝の息がかかっている者とその子弟、猛の知り合いばかりで構成されている。みんな猛を慕って、猛の方針を理解し、猛のために尽くすと誓っている者ばかりだ。だからといってファンクラブ呼ばわりはあんまりだ。

「オレはもっと男の中の男みたいな、ぎらぎらした人が組長かと思ってたし、神社の祭りでたこ焼き売ったりチョコバナナ売ったり商店街の揉め事の仲裁に行ったりなんてしょぼいシノギばっかりだなんて聞いてなかった」

不満が溜まっていたのか、三池は一息にぶちまけた。

「ヤクザって夜の街で女はべらせて肩で風切るんじゃねぇの。あんたがそんなふうにしてるの、見たことないんだけど。そもそも組長って感じじゃないし。黒いスーツでそれらしくしているみたいだけど、ぜんぜん組長の器じゃないって。月伸会とかいうデカイところの会長の息子だかなんだか知らないけど、こんなしょぼいシマでキング気どってるくらいなら、とっとと辞めて解散したほうがいいんじゃねぇの」

散々な言われようだが、猛は特に激高することはなかった。いまさらだからだ。いままでどれだけおなじようなことを他所《よそ》の組や月伸会の中堅組員に言われたことか。

だが猛の「シマを守る」という信念はそのくらいでは揺らがない。

「……ミケ、腹は空いてないか？」

いきなり話を切り上げた猛に、三池はぐっと唇を歪《ゆが》めた。相手にされていないと察して怒りの持っていき場がないのだろう。

「人間、空腹だと怒りっぽくなるんだよな。おまえ、まともに食べてないだろ。どう見ても痩せすぎ。水貝、一階でなにか食わせてやってくれ」

「はいはい」

猛はスーツの内ポケットから札入れを出し、万札を一枚、水貝に渡した。棒立ちになっている三池を、水貝が「ほら行くぞ」と突ついて歩かせる。二人が出ていってから、猛はため息をついた。

「……やっぱ、俺って組長には見えないか…」

言われ慣れていたが、まったく気にならないわけではなかった——。


「今日、猛が本部に来たそうだな」

「はい」

座敷で清孝の晩酌《ばんしゃく》に付き合うのは、里見が熊坂家に住むようになってからの習慣になっていた。

和服姿で胡坐《あぐら》をかく清孝は、堂々とした男っぷりだ。清孝はまだ五十五歳。腹は出ておらず、適度にたくましい体と甘いマスクの持ち主だ。水も滴るなんとかと評されるほどの男の色気があり、女にも男にもよくモテる。外で上手に遊びながらも姐《あね》である妻と一人息子を大切にする家庭人だった。

だが月伸会を仕切る会長の仮面をかぶれば、里見もかなわないほどの頭のキレとひらめきと冷酷さを見せる。里見は清孝に全幅の信頼を寄せ、心から尊敬していた。

清孝を庇って凶刃《きょうじん》に倒れた父は、正しかった。十六歳で一人きりにされたのは寂しかったが、清孝を失くしていたらいまの月伸会はなかったし、里見が熊坂家に来ることもなかった。ここに来てよかったと、里見は自分の運の良さをありがたく思っている。

「あいつはちゃんと仕事をしているのか」

「していますよ。大丈夫です」

「そうか」

清孝はホッとしたように表情を緩め、お猪口《ちょこ》で唇を湿らせる。その頰のあたりを里見はじっと見つめた。親子ではあるが、清孝と猛の顔は似ていない。どこか似ている部分はないかと、無意識のうちに探っていた。

今日はついうっかり猛の顔に触れてしまった。二十八歳にもなるのにつるつるの肌をしているものだから、誘《いざな》われるようにして手を伸ばしたのだ。ごまかすために抓ってみたが、その反応がまたかわいくて、悶えてしまいそうになった。ポーカーフェイスが板についているので内心を猛ごときに悟られるようなヘマはしないが、こらえるのにすこしばかり努力を要した。

「はぁ…」

艶っぽいため息をついた里見を清孝が胡乱《うろん》な眼で見たのだが、頭の中で今日の猛を再生しているあいだは気づけない。

ちくしょう、どうしてあんなにかわいいんだ、と絶対に人には聞かせられない馬鹿馬鹿しい悪態を胸の内でつく。

猛のあの無警戒さと一途《いちず》なまなざしには参る。はじめて会った十六年前のときから、猛は変わらない目で見つめてくるのだ。あのとき猛はまだ十二歳だった。子犬のような丸くて黒い瞳で陶然と見つめられ、十六歳だった里見は劣情をもよおした。いつかこいつを自分のものにしてやると秘かに誓った。

あれから十六年。猛の気持ちを知りながら、里見は自分の気持ちもひた隠しにしてきた。いつでも猛を我がものにできるという余裕があって、猛が焦《じ》れ焦れしている様子を楽しんでいたら、いつのまにかこんなに年月がたっていた。

そろそろ食べごろかもしれない。いや、とうに食べごろは迎えているか。猛の熟《う》れぐあいは危険なほどだ。いい加減、手をつけないと、どこかの馬の骨に横からかっ攫《さら》われる可能性がある。

現に一年ほど前、猛は男と寝ようとしたことがあった。里見が知る限り、猛は十代後半で女と経験しているが男とはないはずだ。男と寝てみたいと思ったらしく、わざわざシマから離れた繁華街まで出かけ、そういった趣味の男たちが集まる店に入ったのだ。

猛の様子がおかしいと感じて尾行していた水貝が、里見に知らせてくれた。慌てて捕獲しに行ったら、猛はバーのカウンターでオオカミの目をした男二人に挟まれて頬を赤らめていた。静かに激怒しながら近づいた里見に、男たちはビビッて逃げた。猛は啞然としていたが、里見が一言「帰るぞ」と言ったらおとなしくついてきた。

危ないところだった。里見が駆けつけるのが遅かったら、猛のバックバージンは見知らぬ男に散らされていただろう。想像するだけでぞっとする。

帰りの車の中で「妙なところに出入りするな。自分の立場をよく考えろ」と叱っておいたから、あれ以来おかしな行動はとっていないようだ。見張りを頼んでいる水貝からそういった報告はない。

あのぽやぽやした坊ちゃんを抱いてひぃひぃ泣かせていいのは自分だけだ。そのうち可愛がってやるから待っていろと、今夜も心の中で繰り返す。

「里見」

「はい」

呼ばれて顔を上げると、なぜだか憂鬱そうな目をした清孝がいた。

「おまえ、いま猛のことを考えていただろう」

「………猛のことも、考えていましたが、色々です」

猛のことしか考えていなかったが、そう言っておいた。清孝は「そうか」と言ったきりお猪口に視線を移す。里見もつられたようにしてお猪口を見た。

猛に酒を飲ませたいな、と思う。清孝に似ず酒に弱いから、猛はすぐに酔ってしまう。酔った猛が猫のように丸くなって寝てしまう様子は、本当にかわいいのだ。何年か前の正月に見た光景を思い出し、里見はふふっと笑った。

一人で笑っている里見に、清孝がうんざりしたような目を向けていたが、本人はやはりまったく気づいていなかった。

「オヤジ、風呂のしたくが整いました」

熊坂家に住みこんでいる若い組員が清孝を呼びにきたのを潮《しお》に、卓上が片付けられる。

里見は二階にある自分の部屋に上がった。

ドアを閉めたタイミングでパンツのポケットに入れてあった携帯電話が鳴る。かけてきたのは水貝だった。

部屋の時計を見ると十一時ジャスト。いつもの定時連絡だなと、通話をオンにした。

『今日の報告でーす』

あいかわらずの軽い口調で水貝がいきなり用件を口にした。

「なにかあったか」

『えーと、本部から戻ったあとは商店街の車上荒らしの件で出かけました。被害者の話を聞いて、お土産に駄菓子の詰め合わせをもらいました』

吹き出しそうになったが、里見はなんとかこらえた。

「……それで？」

『そのあとは事務所で書類仕事してました』

「それだけか」

『そっすね、あと若頭の耳に入れておくことっていったら……新入りのミケってのがいるんですが、そいつがやけに組長につっかかって、手こずってます』

「ミケ？」

『ホントは三池っつーんですけど、半ノラみたいにシャーシャー威嚇《いかく》するんで、ミケって呼ばれてます』

「そいつが猛に噛みついたのか」

『いや、ひっかいたていどです』

そこで水貝が三池の暴言を正確に再現してみせたので、里見のこめかみにぴくぴくと青筋が浮いた。

「なかなか度胸があるガキじゃねぇか」

『バカなだけです』

「とっとと追い出せ」

『組長に追い出す気がないから無理っすね』

あっさりと水貝は言い放つ。里見は三池だけでなく水貝にも怒りが湧いたが、そもそも水貝は猛のシンパだ。猛を守るという里見と共通の目的があるから、こうして情報を流してくれるだけなのだ。

水貝が里見とのやりとりを面倒くさいと思ってしまったらまずい。

「……わかった。その三池ってヤツに気を配ってくれ。いつもご苦労」

『はいはい』

プツッと通話が切れた。熊坂組の組員は礼儀がなっていない。今度、猛に会ったときにこのネタで責めよう。

それはともかく——チッと舌打ちして、苛々《いらいら》と部屋の中を歩き回る。三池という新入りが気になる。猛にたてつくなんてとんでもない野郎だ。なにか裏があって熊坂組に入りこんだんじゃないのか。

手に持ったままだった携帯を操作して、自分の舎弟を呼び出した。

「ああ、俺だ。頼みたいことがある」

落ち着かないなら、水貝を頼らずに自分で調べればいいのだ。熊坂組の内部事情はやはり組員の協力が必要だが、外のことならなんとでもなる。自分には手足となって動いてくれる者が何人もいた。

「熊坂組の新入りに三池という男がいるらしい。そいつのことを、なんでもいい、丸裸にするくらいのつもりで調べろ」

無駄口は一切叩かず、了解と短く答えた舎弟に満足し、里見は通話を切った。

駐車場の車上荒らしは解決した。監視カメラを常時オンにしておいたら、数日後にまたのこのことやってきて犯行におよぶ地元の不良少年が映っていたのだ。地主のケチな性格を知っていた少年は、カメラはダミーだと思っていたらしい。映像を警察に提出すると、少年はあっさり捕まった。

カメラの設置やらなにやらで熊坂組が地主にアドバイスをしていたと知った少年は、猛を恨むどころか感心していたというから、将来が心配だ。

「また組員が増えるかもしれないっすね」

水貝がにやにやと笑いながらそんなことを言う。猛は仏頂面でデスクに足を投げ出した。

革製の大きなハイバックチェアは心地良く体重を支えてくれて、軋《きし》み音ひとつたてない。

熊坂組を猛が継ぐとき、里見が祝いとして贈ってくれたチェアだった。「椅子くらい貫禄があるものにしておいたほうがいい」と軽く笑われながらだったが、以来八年間、猛は愛用している。

「ウチは暴力団だっての。できれば更生して普通に生活してもらいたいな」

「高校中退のうえ今回パクられて、余罪が山ほどあるって聞いたし、カンベツ送りかな。出てきたあと、まともに仕事があるとは思えないっすね」

「……ツテを頼ってなにかまともな職に……」

そのツテを頼って熊坂組に来たのが三池だったなと、猛はため息がこぼれる。

「そういえば、ミケのことでちょっと」

水貝も三池を思い出したらしい。薄ら笑いが消えて真顔になった。

「あいつ、昔の仲間とトラブってるみたいっすよ」

「昔の仲間？　どういう？」

「悪ガキがいきがってドラッグの売人まがいの仕事をしていたとかしていなかったとか」

「どっちなんだ？」

「たぶんしてたんじゃないっすか。遊ぶ金欲しさにそっちの世界に足をつっこんじゃって、うまくさばけて調子に乗ってたら地元の組に睨まれて慌てて退散。その売り上げの分配で仲間と揉めて、自分の身がヤバくなったんで逃げてきた……ってとこじゃないすか」

たぶんと前置きしておきながら詳しい。水貝が調べたのなら、おそらく正しいのだろうと猛は頷く。

「で、その昔の仲間にもう見つかったっぽいのか？」

「んー……まだみたいですけど、時間の問題じゃないすか。この世界、広いようでいて狭いっすからね。ミケの知り合いの知り合いをたどっていけば、簡単にココにたどり着くと思う」

「……だろうね」

三池はそもそもツテで来たのだ。

「どのくらいのヤバさでトラブってるって？」

「うーん、いまのところだれも死んではいないらしい……けど、ミケが第一号にならなきゃいいってレベルっすかねー」

「わぁ、それは……困ったな」

猛は車上荒らしよりよほど大変そうなトラブルの予感に、眉間《みけん》に皺《しわ》を寄せる。

「ミケの様子は？」

「ビビってる。でも、だれにもなんにも言ってないすね。あれだけ突っ張った口きいてたから、いまさら助けを求めることなんかできないんじゃないすか。一人になるのが怖いみたいで、毎日きっちりとココには顔出してるけど」

「そうかぁ。とりあえず、できるだけ一人にしないようにしておこうか」

まだ組に馴染んでいない三池だが、受け入れた以上は庇護《ひご》してやらなければならない。

「ちょっと顔見てくる」

猛は席を立ち、組長の部屋から出た。水貝が黙ってついてくる。

今日は晴天で、室内でたむろっているよりはと組員のほとんどが外出していた。事務所に残っているのは猛の運転手とボディガード役の数人だ。三池は部屋の隅に座り、携帯を弄っていた。

「やあ、ミケ」

猛は気さくに声をかけ、胡乱な眼を向けられながらもすぐ近くまで寄っていった。

「調子はどう？」

ふいっと視線を逸《そ》らされる。手元の携帯を覗きこめば、無料ゲームをちまちまとやっていた。

「そのゲーム、面白いのか？」

「たいして」

「なにか困ったことはない？」

「……べつに……」

一瞬だけ携帯を持つ指が止まったが、変化はそれくらいだった。

「そういえば、おまえ、いまどこに住んでんの？　親元からは離れているんだよな」

「……ダチの家」

「居心地はいい？」

「……しかたがねぇから」

「もしそこを出たいと思っているなら、相談しにおいで。どこか探してやれるかもしれないから」

猛が親切心でそう言ったら、三池は大きなため息をついた。

「うぜぇ」

ぽつりとこぼした一言は、その場にいた全員の耳に届いた。適当に雑談していた組員たちが一斉に立ち上がる。一気に剣呑《けんのん》な空気になったことに、三池は自分が招いた事態ながら驚いていた。

先輩の組員に生意気な口をきくことと、組長である猛に歯向かうことはおなじようでいて罪の重さが違う。先日の暴言は密室だったので、聞いていたのは猛と水貝だけだったからなんの咎《とが》めもなかった。もし他の組員に聞かれたらどうなるか――三池はそれをわかっていなかった。

凶暴な顔つきで三池を包囲しようとする組員たちに、猛はかすかに舌打ちした。

「おいおい、怖い顔してこっち見るなよ。俺がビビるだろ。おまえたち人相が悪いんだからさぁ」

わざと猛がふざけた口調で組員を牽制《けんせい》しなければ、アキラに殴られたときとは比にならないくらいの制裁が三池に課せられただろう。

「水貝、ミケに便所掃除させようか」

「はいよ」

熊坂組内のペナルティとして便所掃除は珍しくない。猛が便所掃除を罰として与えたのなら、組員はそれで納得しなければならなかった。

立ち上がっていた組員たちはムッとした顔のまま座りなおしている。水貝が三池を部屋から連れ出すのを横目で見ながら、猛は残った組員たちに話しかけた。

「おまえたち、よく飽きないね」

麻雀卓を囲む組員たちの手元には、小銭が積まれている。現金を賭けているようだが、高額レートでの遊びはトラブルのもとなので猛は禁じていた。その結果、五十円玉や百円玉が出番になるわけだ。

「組長もやりますか？」

「じゃあ、ちょっとやらせてもらおうかな」

一人が嬉々として席を空けてくれる。麻雀に猛が加わったおかげか、場の空気はまたたくまに良くなった。

組員は単純でかわいいが、自分がやっていることはほとんどケモノの調教師のようだなと、ときどき猛は思うのだった。

「うぜぇ？　そいつは本当にうぜぇと言ったのか、猛に」

『言いましたねぇ、はっきりと』

「それで便所掃除だと？」

熊坂組のあまりのぬるさに、里見はわなわなと全身を震わせた。毎晩恒例の水貝からの電話を受けて、三池の「うぜぇ」発言を聞いたところだった。今夜は熊坂家の自室ではなく、帰宅途中の車の中だ。

おなじ系列の二次団体の幹部たちと付き合いで食事をしてきた。月伸会の顔は清孝だし、熊坂家で由香が待っているので、里見はあまり夜の街をうろつくことはない。適当に玄人女と遊ぶことはあるが、水貝から電話がかかってくる時間帯は家にいることが多かった。

広い後部座席には里見だけが座り、運転席と助手席に舎弟が無言で座っている。里見が信頼している二人なので、会話が聞こえてもなんら心配はない。

「他の組員は怒らないのか」

『怒りますよ、当然。でもそのあと組長が麻雀卓に加わってご機嫌取ってましたから、みんなミケのことなんかどうでもよくなった感じでしたね』

「信じられん……」

里見は空いている手で頭を抱えた。恐るべし熊坂組。どこの仲良し学級だ。

『まあ、オレから見ても組長はぬるいと思いますけどね。でも、あれがあの人の美徳っすから。若頭だってそう思うでしょ』

猛のそこに惚れているんじゃないのかと、言外に水貝が言っているような気がした。あえて確認はしないが。

『組長はミケがどんな生活してるのか気にしてるみたいっすね。どこに住んでて、そこは居心地がいいのかって聞いてましたから』

それは聞き捨てならない。里見は熊坂家に住みこんでいる若い組員たちの顔を思い浮かべた。清孝はそうでもないが、姐の由香はお人好しで面倒見がよく、みんなのお母さん状態になっている。猛の性格はどちらかというと由香に似ているのだ。

「まさか自分のマンションに住まわせるつもりじゃないだろうな」

『それはないでしょ。どこか探してやるって言ってたんで。だいたい組長の部屋のどこにミケを寝かせるんすか。二部屋しかないのに』

正確には一LDKだ。リビングダイニングの他には寝室しかない。猛が熊坂家を出て一人暮らしをしたいと言い出した五年前、清孝に命じられて里見が探した物件だった。

引っ越しが済んだあと、ちらりと一度だけ様子を見に中に入った。以来、ずっと行っていない。猛の暮らしぶりは気になるが、理由もなく訪問するのは里見のプライドが許さなかった。

「…その三池を、猛はどうするつもりなんだ」

『さあー。未成年の新入りだから気にかけてるってだけじゃないっすか。ホントのところが知りたけりゃ、若頭が直接聞けばいいでしょう』

水貝は正論を吐いて『じゃあ』と電話を切り上げてしまった。里見は携帯をスーツの内ポケットにしまいながら、車窓を流れていく夜景を眺める。

猛はよく組員は家族だと言う。三池もあっさりと懐に入れるつもりなのだろう。他の組員と違って猛を妄信しておらず突っ張っているようなので、きっと余計に気になっているにちがいない。

猛が三池を部屋に入れるかもという里見の危惧を、水貝は一蹴《いっしゅう》していたが、あり得ない話でもない。

水貝は熊坂家の現状を知らないからあっさり否定したのだ。猛はつねに組員が自宅の中をうろうろしている環境で育っている。他人と暮らすことに違和感はないだろう。しかも世話焼きの由香の血を引いている。

「おい」

運転席に声をかけると、「はい」とすぐに返事があった。

「行き先変更だ」

「どこですか？」

里見が告げたマンション名に二人の舎弟は一瞬だけ怪訝《けげん》そうに目を見合わせたが、すぐにそこがだれの住居か思い至ったらしい。

「わかりました」

次の交差点で曲がる方向を変えると、車は猛のマンションへ向かってひた走った。

ほどなくして見覚えのある界隈にたどり着き、里見はレンガ調の外壁に特徴があるマンションの前で下りた。エントランス前の共有インターホンに歩み寄り、猛の部屋番号を押す。

『はい？』

「俺だ。開けろ」

『えっ？　ええっ？　里見？　なんで？』

ひどく驚いてひっくりかえった猛の声が機械を通して聞こえてきた。

なにもそんなに驚かなくてもいいだろうと、里見は自分の思いつきの行動を棚に上げて文句を言いたくなる。

「さっさと開けろ」

『あ、うん。どうぞ』

エントランスのドアが開いた。里見は中に入り、エレベーターに乗りこむと猛のもとへと急ぐ。なぜこんなに慌てているのか、自分でもわかっていない。

「わあ、マジで里見だ」

玄関を開けた猛は目を丸くして里見を見上げてくる。猛は量販店のスウェットの上下を着ていた。風呂上がりなのか髪が濡れて、ほかほかと全身から湯気がたっている。

どう見ても美味そうで、目の毒だ。まずいタイミングで来てしまったかと、里見は苦々しい思いで視線を逸らした。

「どうしたんだよ、突然」

「……いや、おまえの暮らしぶりを見たくなって」

「いまさら？　ここに暮らしはじめて、もう五年にもなるのに？」

「いいだろう、見に来るくらい。俺が回してやっているシノギで暮らしているんだから」

「そりゃそうだけど……」

自尊心を傷つけたか、猛はちょっと沈んだ口調になる。月伸会の本部で嫌味を言われるのとはわけが違うのかもしれない。ここは猛の自宅だ。完全にプライベートな空間なのだから。

スウェット姿の猛はまるで十代の学生にしか見えなくて、里見は非力な人間をいじめているような気にさせられる。だがここで素直に「悪かった。言いすぎた」なんて謝罪できる性格ではない。

「ここは来客にお茶の一杯も出さないのか」

どういう態度を取っていいのかわからず、里見はわざと傲慢な若頭っぽく振る舞った。

「あ、そっか。客なんて来たことがないから、うっかりしてた。そのへんに座ってて」

猛はバタバタとキッチンへ入っていく。里見はゆっくりと室内を見回した。

入居して五年もたっているのに、家具もカーテンも変わっていない。特に汚くないし、物は散らかっていなかった。実家にいたころから「自分のことは自分で」と由香にしつけられていたので、家事はきちんとやっているらしい。

猛以外の人間が出入りしている様子もなかった。客が来ないという猛の言葉は本当らしいと、里見は安心する。三池をここに連れこむ予定もなさそうだ。

けれど、この部屋には、里見が知らない五年間の猛の生活があったのだ。

「今日はどこかで会合でもあったのか？」

カウンター越しに声をかけられて「ああ」と適当な返事をした。

テレビの前に置かれた二人掛けサイズのソファの真ん中が、たったいままで猛が座っていたからだろう、窪んでいた。きっと猛の体温が移っていると思うだけで、里見は苛立ってくる。

当たり前のことだが、壁紙も照明器具も家具の配置もカーテンも、なにも変わっていないのに、里見が用意したときとは生活感が違う。自分が知らない猛の時間がここで流れていたと認めるのは嫌だった。

やはり一人暮らしなどさせるのではなかった。束縛せずにすこし自由な時間を与えてやろうと傲慢なことを考えて物件を探したのだが、いまとなってみれば愚《おろ》かだったとしか思えない。

「はい、どうぞ」

つっ立ったままの里見の横を通り過ぎ、猛はソファの前のテーブルにマグカップを置いた。嗅《か》ぎ慣れたコーヒーの香りに、ささくれ立った神経がすこし慰められる。

里見は無言でソファに座った。猛の重みで窪みができていたあたりだ。ソファに移っていたはずのぬくもりは、数分のあいだに冷めていたらしくほとんど感じられなかった。

白いマグカップになみなみと注がれたコーヒーを一口飲み、インスタントの安っぽい味に顔をしかめる。

「もっといいコーヒーを飲めよ」

「ええっ？　淹《い》れさせておいてそれかよ」

猛は楽しそうにくくっと笑った。里見がなにを言っても、猛は怒ったことがない。悲しそうにしたり困ったりはしても、絶対に腹を立てないのだ。

どうしてそんなにお人好しなのか。だれに対しても優しい猛に、今夜は無性に苛立つ。

里見は自棄《やけ》気味に不味いコーヒーを最後まで飲んだ。マグカップをテーブルに置いて立ち上がる。上がりこんでからまだ十分ていどだろうか。

「帰る」

とりあえず猛の顔は見れたから、よしとしよう。それに、これ以上ここにいたら我慢できずに猛に無体《むたい》なまねをしてしまいそうだった。

「もう帰るのか？　なにしに来たんだよ…って、オレの暮らしぶりを覗きに来たんだっけ」

「いや、おまえの顔を見たくなったからだ」

ついぽろりと本音がこぼれた。猛は目を丸くして、すぐにじわりと頬を赤く染める。

「お、俺の顔なんて……」

照れたように視線を泳がせる猛は、猛烈にかわいかった。まずい、本当にまずい。

「じゃあな」

とっとと退散するべく背中を向けて玄関へと急ぐ。猛は追いかけてきた。

「里見、あのさ、また来てよ。今度はちゃんとしたコーヒーを用意しておくから……」

縋《すが》るような声音《こわね》に振り返ると、猛はほのかに目元を染めて真っ直ぐに見上げてきている。

強烈な誘惑にぐらりと理性が傾いた。それを懸命に引き戻して視線を逸らす。

また来るとは言えなかった。来たいのはやまやまだが、理由がない。猛に会うためだけに来るなんて、恥ずかしすぎる。

里見はかなりそっけない態度になっている自覚はあったが、なにも言わずにそのまま部屋を出た。

エレベーターに乗ってから、魂が抜け出てしまいそうなため息をつく。

「………くそっ」

本部ではなくプライベート空間で猛と二人きりになるのはかなりしんどいことだと、里見は今夜まざまざと突きつけられた。

出会ってから十六年。猛を焦らしているつもりだったが、実は自分の方がずっと焦れていたのだ。

エントランス前には乗ってきた車がそのまま待機していた。里見が出ていくと助手席の舎弟が素早く降りてきて後部座席のドアを空けてくれる。

「用事はお済みですか」

「ああ、まぁな……」

帰ると告げれば、車は滑らかな動きで道路に出た。里見は両手で顔を覆い、ついでごしごしと擦《こす》ってみる。

きっといま自分は変な顔をしているだろう。熊坂家に着くまでに平常心を取り戻しておかないと、様子がおかしいとだれかに気づかれてしまいそうだった。

窓の外に目を向け、違うことを考えようとするが、なかなか猛の顔が頭から離れていってくれない。部屋に入ったのは十分ていど、特になにかあったわけではないのに、これほど心が囚《とら》われたままになるなんて、かなりの重症だ。

きっと猛もおなじような状態になっているだろう。それはそれでいい。これで当分のあいだ里見のことで頭がいっぱいで、新入りのことなど気にする余裕がなくなるにちがいない。ざまあみろ、と里見はちいさく悪態をついた。


神社の境内にすっくと立つしだれ桜は、樹齢二百年と言われている。満開だった花を散らして、いまは鮮やかな緑色の若葉を芽吹かせていた。

緋毛氈《ひもうせん》が敷かれた茶店のベンチに座り、初夏の陽気を肌で感じながら、猛はぼうっと空を見上げる。

里見が突然マンションにやってきたのは一週間前のことだ。暮らしぶりが気になったからだとか顔が見たかったからだとか言っていたが、本当のところはなにが理由だったのだろうか。

コーヒーを飲んだだけで帰ってしまった。不味いと言われたので、翌日高いコーヒー豆とフィルターを買った。これでいつ来ても美味しいコーヒーを出せる。

でも今度いつ来るかは、まったくわからない。そもそもなんの用事があって来たのかもわからないのだから、予測しようがない。

この一週間、猛は毎晩待っていた。

「……俺が用事を作って呼べばいいのかな」

だがどんな用事だ？　組の事務所ではなく自宅に足を運んでもらうために、どう言えばいいのだろう。

「組長、どうぞ」

アキラが盆を差しだした。茶店で買ってきた塩大福と緑茶が乗っている。大福は小ぶりサイズで、二口で食べられた。

「……美味い」

「でしょ。ここの塩大福は美味しいんすよ」

アキラは嬉しそうに自分も大福を食べる。

今日は六月から八月にかけての夏の祭について、神社方との打ち合わせがあった。

猛にとって神主は子供のころからの顔見知りだ。神社の祭りにも清孝に連れられて来ていた。だがこんな美味い大福を出す茶店はなく、今年から境内に出店したのだ。

「この塩大福がけっこう評判で、女の参拝客が増えたらしいすよ。ここの神主、商売上手っすよね」

自分の手柄でもないのにアキラが得意気に語ったところで、携帯の電子音が聞こえた。

「あ、すんません、オレだ」

アキラはパンツのポケットから携帯を出し、猛から二、三歩離れて話しはじめた。

「え？　マジかよ。それってちょっと……」

なにかトラブルでも起こったのか、アキラは落ち着きなくうろうろと歩きはじめたかと思ったら、ちらりと猛を見た。目が合うと、慌てて視線を逸らす。これは組に関係することかなと、猛はピンときた。

「おい、なんだよ。なにかあったのか」

「あ、いや……」

アキラは携帯を耳に当てたまま、逡巡《しゅんじゅん》する。

だがすぐに通話相手に「ちょっと待ってて」と言い置いて白状した。

「あの、実は、ミケと連絡が取れなくなってんです」

「は？　いつからだ？」

そんな話は聞いていない。

「一昨日からです。一昨日はミケが週一の休みだったんで事務所に来てません。それで、昨日の予定が決まった段階で電話したんですよね。そしたら呼び出し音は鳴るのにぜんぜん出なくて」

「そういうこと、いままでもあったのか」

「いや、なかったっす。あいつ、なんだかんだと反抗しながらも、電話にはちゃんと出るし、決められた休みの日以外はきちっと事務所に顔出すし、わりと真面目でしたよ。だからオレたちも、あいつのことマジでうぜぇとか思わないようにしてたし」

先輩たちはそれなりに三池に気を遣っていたようだ。

「ミケは昨日来なかったのか」

「来ませんでした。なんの連絡もなかったんで、また電話したんすけど、やっぱ出なくて。でもまあ、ミケはああいう奴なんで、一日くらいいいか、出てきたらまた一発殴れば、なんて言ってたんすけど、今日も来なくて」

「それで？」

「手が空いてる奴が、ちょっとミケのヤサまで様子を見に行こうかってなって、いま山岸のおっちゃんが」

「その電話を貸してくれ」

アキラは従順に携帯を差しだしてきた。

「もしもし」

『組長、すんません、お忙しいところ……』

頬に傷のある強面《こわもて》が恐縮そうに俯《うつむ》いている姿が目に浮かぶ。組員としては大先輩の山岸がわざわざ三池のところに出向いたのは、もし腐って引きこもっているだけなら怒鳴るのではなく静かに説得するつもりだったのだろう。

「三池は知り合いのところに転がりこんでるって聞いてたけど、そこにいたのか？」

『いませんでした。地元の幼馴染みっていう関係のまっとうな大学生のワンルームに居候させてもらっていたみたいですが、一昨日から戻ってきていないそうです』

三池は中学時代にグレて、当時の仲間と揉めたために熊坂組に来た。そのまっとうな大学生はきっと悪い仲間とは無関係なので、居場所を突き止められることはないと踏んでいたにちがいない。

だが世の中には諦めの悪い人間はいるもので、多少難しくてもしつこく探し続けられれば見つかることがある。

『その学生さん、三池が昔の仲間から逃げてることを知っていて、すごく心配していました。本当なら大学の授業があるのに、部屋でずっと待ってたみたいですよ』

それで平日の昼間なのに会って話が聞けたのか。

「わかった。とりあえず事務所に戻ってきてくれ」

通話を切って携帯をアキラに返す。盆に残っていた塩大福と緑茶をぐいぐいと口に含み、咀嚼《そしゃく》しながら神社をあとにした。

夜になっても三池の行方はわからず、携帯に電話をかけ続けたが応答はない。そのうち充電が切れたのか、呼び出し音が鳴らなくなった。『電波が届かない場所にいるか、電源が切られています』というアナウンスが繰り返される。

「……どう思う、水貝」

猛に意見を求められて、水貝は「うーん」と唸《うな》る。

「たぶん、昔の仲間に見つかったんじゃないすか。それで拉致《らち》られたか、逃げているか」

「何日も逃げつづけられるほど、あいつって金を持ってたのか？」

「ないっすね」

あっさりと水貝は選択肢をひとつ減らした。

いま組員は総出で三池を捜索している。三池が行きそうな場所を手分けして当たっているのだが、見つかったという知らせはない。

「とりあえず、組長は今夜のところは帰ってください」

「みんながまだ戻ってきてないのに？」

「今夜は適当に切り上げて、それぞれ帰っていいことになってます」

「おまえは？」

「もうちょっと情報を集めてみます」

「そう……」

猛がいつまでも事務所に詰めていて帰らないと、それを知った組員たちは帰りづらいだろう。水貝に促されて猛は事務所を出た。その直後、水貝が里見に電話をかけたことを、猛は知らない。


舎弟からの報告を電話で受け、里見は「わかった」とだけ返事をして通話を切った。

デスクの上のパソコンに、舎弟からデータが送られてくる。それを画面で確認し、プリンターに転送した。あっという間に地図が印刷される。それを茶封筒に入れ、ひとつ息をついた。

「さて、これをどうするか」

水貝からの電話で三池の行方がわからないと聞いたのは昨夜だ。里見は今朝すぐに舎弟を動かし、三池の居場所を探させた。

不遜な態度の新入りの話を聞いたあと、里見は三池のパーソナルデータを集めておこうと、舎弟に調査を命じてあったのだが、それがさっそく役に立った。昔の仲間たちの調査も進めていたので、監禁場所の予想がついたのだ。

今日になってから、里見は舎弟にいくつか候補になっていた場所に探りに行かせた。その報告がいま来たのだ。わりとあっさり三池は見つかった。しょせん悪ガキの域を出ていない二十歳そこそこの若者たちだ。まさかプロの悪い集団が追ってくるとは思ってもいないのだろう。

予想通り、三池は拉致監禁されて暴行を受けているようだ。連絡がつかなくなったときすでに拉致されていたとしたら、もう四日目になる。まともに食事を与えられているとは思えないし、どれほどの暴力を受けているかもわからないので、できれば早く助け出した方がいい。

だが里見はためらっている。いまごろ猛の頭の中は三池のことでいっぱいだろう。そう思うだけで腹が立つ。わざわざ三池のために情報を渡すのはしゃくなのだ。

組の抗争に巻きこまれて拉致されたのなら助け出そうと必死になるのはわかるが、今回は完全に三池だけの事情だ。はっきり言って熊坂組には関係ない。いっそのこと三池がこのままいなくなってくれたほうが、里見としてはすっきりする。

だが三池を助けることができなかったら、猛はひどく悔やむだろう。懐いていない新入りでも、猛は自分の大切な組員だと思っているから。

しかも、里見が情報をわざと握りつぶしたと知れたら、猛は猛抗議してくる。怒らせるだけでなく、蔑《さげす》まれたら気持ちを回復させるのは難しい。ちくちくと言葉で猛本人をいじめるのと、組員を見殺しにするのとでは、わけがちがう。

「……しかたがないか」

猛に嫌われたくない。

里見は封筒を手に、月伸会の本部を出た。

時間だけが過ぎていく。いまごろ三池はどこでどうしているのか、それを考えると猛は焦燥感《しょうそうかん》でいっぱいになる。

苛々とハイバックチェアを揺らしながら、鳴らない携帯電話を凝視した。

組員たちは二、三人ずつに分かれて三池を探すために都内に散っている。水貝が集めてきた情報はまだ大雑把《おおざっぱ》なものでしかなく、なかなか的を絞れずにいた。見つかったという連絡を待つだけの猛は、組事務所の部屋でため息をこぼすことしかできない。

留守番ばかりではなく猛も外に出ていきたいが、水貝は自分が側にいないときに組長になにかあっては困ると心配して、許可してくれないのだ。

自分の身くらい自分で守れると言い張れるほど、猛は腕っぷしに自信があるわけではない。それに、もしものとき組長以外の者が責任を取らされると思うと、無闇と逆らえなかった。

「ん？」

ふと、部屋の外が騒がしいことに気づいた。だれかが戻ってきたか、突然の来客でもあったのだろうか。

猛は立っていきドアを開けざま「どうしたんだ？」と声をかけた。

「あ、組長、あの、客が……」

ボディガード役の組員が厳《いか》つい顔に似合わない動揺した様子で駆けてきた。

「客？」

留守番の組員たちの向こうに、頭ひとつ分飛び出た長身の男が見えた。なんと、里見だ。

「えっ？　なんで？」

里見が熊坂組の事務所に現れるのは、猛の自宅マンションに来るのとおなじくらい珍しいことだった。用事があれば里見は月伸会へ呼び出すからだ。

「猛、おまえのところはどうしてこう騒がしいんだ」

里見は挨拶もなく不機嫌そうな顔で近づいてくる。初夏らしい麻の素材のスーツを着て、夜だというのにサングラスをしていた。

容姿が容姿なのでハリウッド映画に出てくるマフィアのようだ。里見以外の男がこんな格好をしたら失笑ものだが、おそろしく似合っている。猛は組員たちが注目していることも忘れて、見惚れてしまった。

「猛、話がある」

「あ、うん」

ハッと我に返って組長の部屋に里見を通した。なんの用事かわからないが、わざわざこんなところまで来たということは、内密で急ぎの話なのかもしれない。猛はドアを閉じて、組員たちの視線を断ち切った。

「……おまえらしい部屋だな」

殺風景な部屋をぐるりと見渡し、里見は呆れた声を出した。そして視線をハイバックチェアにとめ、ふっと口元を緩める。自分が贈った椅子だとわかったからだろう。

里見はサングラスを外すと、胸ポケットに差しこんだ。猛を振り向き、手に持っていた茶封筒をひらひらと振ってみせる。

「これ、なんだと思う」

「……なに？」

きょとんと首を傾げれば、里見はますます不機嫌そうな顔になる。

「そのしぐさはやめろ。わざとやっているのか」

「は？　なんのこと？」

わけがわからなくて本気で聞き返したら、里見は横を向いてなぜか深呼吸した。

「おまえのところの新入りが行方不明だそうだな」

「なんで知ってる？」

一瞬驚いたが、すぐにこれだけ派手に捜索していたら耳に入るだろうと思った。

「この封筒の中に、そいつの居場所を示した地図が入っている」

「えっ？」

猛の目は封筒に釘付けになった。

「なんで里見がそんなもの持ってるんだよ」

「調べたからに決まってるだろ。俺が動かせる人数は、おまえとは比較にならない」

そう言われればそうだが。

「ありがたくもらっておくよ」

感謝しつつ手を出したが、里見は目を眇《すが》めたまま動かない。

「おい、それをくれよ」

封筒へ手を伸ばしたが、里見は届かないように手を高く上げてしまった。身長が二十センチも違うので、そんなことをされたら飛びあがりでもしないかぎり無理だ。

「渡したらすぐにでも助けに行くつもりだろう」

「あたりまえだ。ミケはウチの組員なんだ」

「もう手遅れかもしれないのに」

冷たく言い放たれて、猛は息を飲んだ。その可能性を考えなかったわけではないが、できるだけ考えないようにしていた。

「もし、もし遅かったとしても、俺の手でミケをきちんと弔《とむら》ってやりたい」

「おまえにたてつく、全然かわいくない新入りだったそうじゃないか」

こんどこそだれから聞いたんだと問い詰めたくなったが、それどころではない。

「あれは、悪意があってたてついていたわけじゃない。まだ慣れてなくて、自分を守るために尖《とん》がってただけだ」

三池は孤独だったはずだ。匿《かくま》ってくれる幼馴染みはいるが、自分のしでかしたことで真っ当な大学生に迷惑をかけてはいけない。かといって一人で昔の仲間に立ち向かうのは恐怖だ。入ったばかりの組では、だれを信用してどこに居ればいいのかわからない――。

そんな寄る辺《よるべ》ない気持ちが、三池をあんな態度にさせていたのではないかと、猛は思っている。

本人に迷惑がられても、もっと踏みこんで親身になってやればよかった。こんなことになるまえに、昔の仲間とやらに話をつけてあげれば――。後手に回ってしまった自分が不甲斐ない。

「もし無事だったとしても、そんな馬鹿はどうせまた問題を起こすぞ」

「それでも、ウチの組員なんだ。受け入れた以上、面倒はみなくちゃいけない」

猛は頑固に言い張った。里見が単に冷たくそう言っているのではなく、もともとは清孝のものだった熊坂組を案じているからだとわかっていたが、譲れないものは譲れない。

「頼むからそれをくれ。この通りだ」

猛は頭を下げた。いくらぬるい組でも猛は組長として滅多なことでは頭を下げたりはしない。でもいまはちゃちなプライドに拘《こだわ》っている場合ではないし、相手は他の誰でもない里見だ。

「猛、そうまでして新入りを助けたいのか」

「助けたい。頼むから、それを――」

さらに深々と頭を下げたが、里見は無言だ。

猛はついに床に膝をついた。続いて両手を床につけようとしたところで、「待て」と里見から制止される。

「歴史ある熊坂組の組長が、いくら上部団体の若頭相手とはいえ、軽々しく土下座なんてするんじゃないっ」

「軽々しくなんかない。組員のためなら、土下座くらいたいしたことじゃないよ」

「この馬鹿が」

里見の手が伸びてきて猛の二の腕を摑んだ。

ぐいっと強く引かれて立ち上がらされる。

「猛、どうしてもこれが欲しいか」

「欲しい」

「俺に借りをつくることになるぞ。いいのか」

「借りなんていまさらだろ。山ほどつくってるじゃないか」

「シノギとこれはまったく種類がちがうものだ。そうだろう」

里見の灰青色の瞳が近づいてくる。冷たい色の瞳なのに、奥の方に熱い情を秘めている。

炎は青いほど温度が高いという。では里見の命の炎は熱いのか。

「その封筒と引き換えにあとでなにかしろっていうのなら、俺はなんでもしてやる。おまえが命じることなら、なんでもするよ」

相当の覚悟とともに、猛はそう誓った。里見がぎりっと奥歯を嚙んだのがわかる。怖いくらい厳しい顔になって、猛に封筒を差しだしてきた。

「その言葉、覚えていろよ」

「ありがとう」

猛は受け取るとすぐに中を見た。地図は東京都内のM市だった。一軒家らしき建物に赤い丸がついている。意外だった。もっと近い場所にいるかと思っていた。

「ここか？」

「昔の仲間の実家だ。とはいえ、親は一緒に暮らしていない。グレた息子を放ってどこか地方に仕事に行っているらしい。悪ガキはやりたい放題ってわけだ。そこに三池は連れこまれたらしい」

「ありがとう、里見、本当にありがとう！」

猛は歓喜のあまり里見に抱きついてしまった。硬直している男をぎゅうぎゅうと抱きしめてから、慌てて離れる。里見は怒ったのか、能面みたいな顔になっていた。

「ごめん、つい……」

誤魔化したくて笑ったが、里見は笑ってくれない。

「え…と、じゃあ、俺は行ってくるね」

逃げてしまえとばかりに、猛は里見を置いてとっとと部屋を出た。月伸会若頭の登場に浮き足立っていた組員たちが、部屋から出てきた猛にわっと群がってきた。

「なにがあったんすか」

「まさかヤキ入れられたんじゃ…」

猛の体のどこかに異常はないかと、組員たちがべたべたと全身を触ってくる。それらを払いのけながら、猛は出口に向かった。

「あいつが俺になにをするっていうんだよ。ミケの居場所をつきとめてくれただけだ」

「ええっ？　なんでですか？」

一様に驚愕の表情を浮かべる組員たちの尻を叩き、猛は号令を発した。

「車を回してこい。すぐに行く。外で捜索している奴ら全員に連絡取ってくれ」

あたふたと組員たちは動き出す。その様子を里見が背後で眺めていたので、猛はもう一度礼を言った。

「里見、本当にありがとう。恩にきる」

「……あとでとんでもない要求がつきつけられても、逃げるなよ」

「逃げないよ」

猛は仏頂面の里見に笑いかける。ここは笑顔になる場面ではなかったらしく、里見をさらに苦々しい顔にさせてしまったのだった。


崩れそうなブロック塀に囲まれた、築四十年以上たっている古ぼけた一軒家には「斎藤《さいとう》」の表札がつけられていた。小さな車庫にはワゴンタイプの軽自動車が一台。猫の額ほどの庭は荒れ果て、もはやなにが植えられていたのかわからない。M市のその家は、荒《すさ》んだ雰囲気に包まれていた。

地図上ではわからなかったが、夜の家族団欒《だんらん》の時間帯だというのに周辺の一戸建ては人気《ひとけ》がなく、しんと静まりかえっている。

古い住宅街なので、もしかしたら老人の一人暮らしか、住む人がいなくなった家が多いのかもしれない。あるいは夫婦が深夜まで働き、子供は遅くまで塾に行っているとか。

とにかく、多少ガラの悪い連中がこの家に出入りしていても、それを見かけて不審に思う住民はほとんどいなさそうだった。

猛の指示により、組員たちはぐるりと家を取り囲む。家の中には斎藤の他に、何人かの仲間がいるはずだ。一人として逃がさないようにしなければならない。三池が無事でも無事でなくても、後始末は全部、熊坂組がするつもりだった。

庭に面した吐き出し窓にはカーテンが閉められているが、隙間から光がこぼれている。おそらくそこは居間で、テレビを見ているのかちらちらと色とりどりの光が漏れて見えた。

家が古いせいか防音はたいしたことがなく、男の話し声がぼそぼそと漏れ聞こえている。

その窓の前にアキラが金づちを手にして立った。玄関が開けられなかったらガラスを叩き割って侵入するためだ。

水貝が玄関ドアの横のインターホンを押した。猛はそのすぐ後ろに立つ。家の中でピンポーンとか弱い音が鳴ったと同時に、漏れていた話し声がぴたりとやんだ。

応答はない。水貝はもう一度押した。

「……はい」

渋々といった感じで若い男の声が応じた。

「こんばんはー。ちょっとここ開けてくれないかなー」

水貝が軽い口調で呼びかけながら薄っぺらい玄関ドアをコンコンと叩く。

「……だれだよ」

不審げな声はいかにもグレた少年っぽく威嚇がこめられている。

「ここにさ、三池ってヤツがいるだろ。そいつに用事があるんだけど」

ドアの向こうに緊張が走ったのがわかった。

複数の足音がぎしぎしと床を軋ませながら家の中を移動しているのがわかる。

「三池なんて、ここにいないぜ」

「あれ？　おかしいな。いるはずなんだけど」

「だから、あんただれだよ」

「三池の知り合い。迎えに来たんだ。おとなしく引き渡してくれたら、オレたちはおまえらに危害を加えるの、控えるけど？」

まったく危害を加えないとは言っていない。

「オレたち…って、え？　ちょっ…」

訪問者の正体の予想がついたのだろうか。

「三池がさ、本物のヤクザになってたこと、おまえら知ってたか？」

「あっ、その……」

「迎えに来たんだよ。とっととここを開けろ」

水貝が口調をがらりと変えて低く恫喝《どうかつ》すると、数秒ののちカチッと玄関ドアのロックが外された。

それとほぼ同時に庭のガラスがガシャンと派手な音をたてて砕かれた。アキラが待ち切れずに金づちを振りおろしたのだ。

「あのバカ」

チッと舌打ちしながら、水貝は開けられた玄関から中に入っていく。猛も続いた。猛たちは行儀よく靴を脱いだりはしない。土足のまま上がりこみ、右往左往している不良少年たちを踏ん捕まえた。

最初は果敢にも歯向かってきた少年たちだが、本物の暴力団組員たちに容赦なく殴られてすぐに戦意を喪失する。自棄になって金属バットを振り回していた一人は、足を引っ掛けられて倒され、組員にぼこぼこに殴られた。

「おい、そのくらいにしろよ」

猛が制止すると、組員はおとなしく手を引っこめる。乱闘は五分もかからなかった。

「これで全部なのか？」

居間の隅に集められた四人の少年たちは、目の前に立った猛を見る。黒っぽいスーツ姿で襟に金バッジをつけながら、もっとも極道らしくない猛に、こいつ誰だといった目を向けてきた。

「俺は熊坂組の組長、熊坂猛だよ」

一様に啞然とした顔をされて、わかっていたことだけれど猛は面白くない。悪かったな、これでも組長だと胸の内で呟きながら、声に出したのは「三池はどこだ？」という重要な詰問だ。

少年たちは震える指で二階を差した。猛が指図するまでもなく、アキラがさっと階段を上がっていく。

一階を水貝に任せて、猛も上に行った。二階には二間しかなく、血と汗とアンモニアの匂いが充満している。ビニールシートの上でぐったりしている三池はすぐに見つかった。

「おい、ミケ、ミケっ」

アキラが駆け寄って、汚れた三池を抱き起こす。三池はもとの人相がわからないほどに顔を腫《は》れあがらせていた。身につけているのは血で汚れたTシャツとトランクスだけ。血は鼻血だろう。手足も胴体部分も、あざだらけだった。

恐怖で失禁したのか、トイレに行かせてもらえなかったのか、下半身は濡れていて強烈な匂いを発している。ビニールシートに寝かされていたのは、単に床が汚れないようにという理由からにちがいない。

「生きているか？」

「生きてます。でもヤバイっすね。内臓がやられてるかも」

アキラが三池の全身をチェックしているあいだに、猛は押し入れから比較的清潔そうな毛布を探しだした。それで三池を包み、二人がかりで抱えて慎重に階段を降りる。

三池を車に乗せて、すぐに熊坂組が昔から懇意にしている病院へと運んだ。


結局、三池と昔の仲間たちの揉め事の経緯は、水貝が予想した通りだった。

グループは三池を含めて六人おり、姿が見えないもう一人が、ドラッグの売り上げのほとんどを持ち逃げした。行方《ゆくえ》を探したが見つからず、その鬱憤を持ち逃げした男と親しかった三池にぶつけたのだ。

三池は持ち逃げ男の行方をまったく知らず、親しかったせいで標的にされるかもしれないという予感があった。それで仲間たちと離れたのだが、見つかってしまったというわけだ。

数日にわたって暴行を受けた三池だが、運良く内臓は傷ついておらず、外傷は肋骨《ろっこつ》の骨折と打撲だけ、あと脱水と軽い栄養失調という診断だった。入院は運びこまれた日を含めて三日間。精密検査のあと胸にコルセットを巻いた状態で退院した。

試合に負けたボクサーのような顔になりながら、三池はその足で事務所へやってきた。

「いろいろと、ご迷惑をおかけしました。ありがとうございましたっ」

体中が痛むくせに、ぎくしゃくと三池は猛に頭を下げる。

「無事で良かったよ。あいつらにはたっぷりとお灸《きゅう》を据えておいたから、二度とこんな馬鹿なことはしないと思う」

猛が笑顔でそう言うと、三池は細い一重の目を潤《うる》ませた。ぐすぐすと洟《はな》をすすり、「すんませんでした」と何度も繰り返す。

「オレのこと、みんなが探してくれたって……全部組長の命令だったたって……。それに、組長が、みずから斎藤んちに乗りこんでくれたって聞きました」

「ああ、まあね」

三池は助け出されたとき意識を失っていた。経緯はアキラにでも聞いたのだろう。

大勢で家を取り囲んだりガラスを割ったりしたが、警察沙汰にはなっていない。三池を連れ出したすぐあと、山岸がタコ殴りにされた斎藤の尻をひっぱたき、周囲の民家を回らせた。仲間内のケンカということにして、騒がしくさせた謝罪をさせたのだ。おかげで誰も通報しなかった。

三池が拉致監禁されたのは事実だが、その原因を探られたらドラック絡みとわかってしまう。三池の過去を警察に知られるのは、熊坂組にとってメリットなどひとつもない。痛くない腹を探られるのはごめんんだ。

「オレなんかのために――」

「ミケはウチの組員だからね。俺にとって、組員はみんな家族みたいなもんだから」

「オレ、オレ、組長のためならなんでもします。命があるのは組長のおかげっす。一生、組長についていきますっ」

「ああ、そう……。ありがとう」

三池の熱い告白に、猛は引き気味にならざるを得ない。拉致前とは態度が違いすぎる。振り幅が大きいのは性格が単純だからか。

「今日のところはもう帰っていいよ。二、三日はじっとしていた方がいい。おまえを匿ってくれていた幼馴染み、すごく心配してたみたいだぞ」

「はい、病院を出る前に電話しました。待ってるから帰って来いって言ってくれて」

三池はまたもや涙を浮かべている。悲惨な目にあったばかりだから、人の情に脆《もろ》くなっているのかもしれない。

「まともに動けるようになったら出ておいで」

三池はぺこぺこと頭を下げながら、組長の部屋を出ていった。水貝がくくくと喉の奥で笑う。

「なんだよ、その気持ち悪い笑い声は」

「いやいや、さすが組長だなと思って。またひとり、組長の崇拝者ができたじゃないですか」

「崇拝者って……」

俺はどこのカリスマだ、とつっこみを入れようとしたところ、猛の携帯電話が鳴った。

「あ、えっ？」

里見の名前が表示されている。携帯に番号とアドレスが登録してあっても、まったく使っていなかった。いままで用事があれば月仲会にかけていたからだ。

「も、もしもし？」

慌てて受けると、『俺だ』と短く返ってくる。

『三池が無事に退院したそうだな』

「……よく知ってるね」

どこで情報収集しているのか不思議に思うほどだ。

『どうせ暇だろう。いまから俺と会え』

「それはかまわないけど……月仲会に行けばいい？」

たぶん「なんでもする」と言った猛になにがしかの要求がつきつけられるのだろう。

覚悟はできている。里見のことだから、猛の命を危険に晒《さら》すようなことは求めてこないと思うが。

『いや、いま俺はGホテルにいる。そこに来い』

「Gホテル？　豪勢だね…。ん、わかった」

たぶんなにかの会合があって、そのまま宿泊するつもりで部屋を取ったのだろう。ずっと熊坂家に住んでいる里見だから、たまには一人で静かに過ごしたいのかも。

「若頭すか？」

携帯を切って席を立つと、黙っていた水貝が聞いてきた。

「うん、Gホテルにいるから、いまから来いって。車を出すように言ってくれ」

「……ホテルね……」

水貝がちょっとばかり意味深な目をして猛を見てから、ドアを開けて待機している組員に声をかけた。

「組長が出かける。車の用意をしろ」

猛は脱いでハンガーにかけてあったスーツの上着を取り、袖を通しながら「いまのはなに？」と水貝に問いかける。

「なにって？」

「変な目で俺を見た。なにか言いたいことがあるんじゃないの」

三池のために里見に借りを作った。新入り一人のために無理難題を押し付けられたらどうするんだといった、非難をこめた態度だと思ったのだが、どうやらちがうらしい。

「いや、まぁ……お気をつけて……くらいしか、言えないすけど」

「は？」

「とうとうこの日が来たか、ってなもんで」

「なに言ってんの？」

「わからないならいいす。行ってらっしゃい」

本当にわけがわからない。猛は肩をすくめて、ひらひらと手を振る水貝に、しかたなく「行ってくるね」とだけ告げた。

まさか今夜の出来事を、水貝があるていど予想していたとは、思ってもいなかった。


はじめて訪れるGホテルは、高級すぎてまぶしいほどに煌《きら》びやかだった。猛は気後れしながらもゴージャスなエントランスロビーを歩き、エレベーターを探す。

ロビーのソファに座っている上品そうな初老の紳士や制服姿のフロントマンが、自分に注目しているような気がして落ち着かない。

猛は自分の魅力が人の目を引きつけているなんて思ってもいなかった。すっきりと長い手足に、細身の黒っぽいスーツはよく似合っている。甘い童顔はやはり極道には見えないが、平凡な会社員にはない危うい雰囲気をまとっていた。無意識のうちに人の興味を引いて保護欲をかきたててしまう性質を、猛はよくわかっていなかった。

猛はそそくさとエレベーターに乗りこみ、すべての視線をシャットアウトするとホッと息をつき、里見がいる階を目指した。

エレベーターを降りて分厚い絨毯が敷かれた廊下を進み、教えられていたルームナンバーを探す。

「あった」

呼び鈴を押すと、すぐにロックが外されてドアが開いた。

驚いたことに、里見は白いバスローブ姿だった。風呂上がりらしく蜂蜜色の髪はしっとりと濡れていて、いつもより濃い色になっている。光の加減なのか、瞳の色も青みが深いように見えた。

「逃げずに来たな」

「当たり前だよ」

ムッとしつつ中に入る。

部屋は広かった。スイートではないが、大きなベッドが二つと、ソファセットがある。

「うわ、すごい」

カーテンが引かれていない窓からは、都心の夜景が一望できた。つい感嘆の声を上げて見入ってしまう。

「坊ちゃんのくせに、上京したての田舎者みたいな反応するなよ」

「俺はこんなホテルに泊まったことなんてないよ。悪かったな田舎者で」

生まれも育ちも東京だが、特にセレブではないからゴージャスな世界など知らない。月伸会の若頭である里見の方が、いまでは財力も権力も持っている。

「で、こんなところまで呼び出して、俺にどんなカタチで借りを返させようと思ってるわけ？」

里見はいままで座っていただろう、ソファに腰を下ろした。ローテーブルには氷とウイスキーの瓶が乗っていて、飲みかけのグラスがある。それを掴むとぐいっと一口飲んで、下から見上げてきた。

その視線にドキッとする。見慣れないバスローブのせいか、いつもとちがうムードが漂う里見に、猛は内心で焦った。

「せっかちだな。おまえも飲めよ。ほら」

「いらない」

「俺の酒が飲めないのか」

仕方なく、猛は示されたソファに腰を下ろした。里見の斜め横だ。

用意されていたグラスに里見が水割りを作ってくれる。猛はあまり強い方ではない。できればもっと薄く作ってほしかったが、有無を言わさぬ態度で里見がグラスを差し出してくる。

「乾杯しようか」

「……なにに？」

「おまえの大切な大切な半ノラのミケが無事に戻ってきたことに」

あいつは猫じゃないし半ノラでもないと言い返そうとしたが、猛はため息ひとつで聞き流した。借りを返すまでは猛の方が立場は弱いのだ。

言われた通りにグラスをカチリと合わせ、水割りを飲んだ。やっぱり濃い。すぐに酔っぱらってしまいそうだ。

「考えてみれば、こんなふうに猛と二人きりで飲んだことなんかなかったな」

「……そうだね」

グラスを揺らして氷の涼やかな音を聞きながら、里見が遠い目になる。

「十六年もたつのに」

はじめて会ったときから十六年。おたがい十代の子供だったが、いまではいい年になった。

「小六のガキが、いまじゃ組長だ」

「それを言うなら、おまえだって高一のガキだったじゃないか。いまは月伸会の若頭なんて威張ってるけどさ」

「俺は別に威張っちゃいない。まわりが勝手に傅《かしず》くだけだ」

「よく言うよ」

このガタイで睨み下ろされたら、たいていの人間は恐怖心をかきたてられる。恵まれた体格と頭脳は、べつの道を進んでいたらもっと社会の役に立つような活躍を見せていたかもしれない。

「里見は、後悔していない？」

「なにが」

「……おまえの父親が死んだとき、母親に引き取られていたら、たぶんもっと別の道が開けていたんじゃないのか？」

里見は鼻で笑った。

「なにボケたこと言ってんだ、熊坂の坊ちゃんが。この俺には、会長を守って死んだ親父の血が流れているんだぜ。どこでどんな生活をしていようとも、行きつくところは結局ここだろ。他に道なんかない」

里見は微塵《みじん》も迷いがない口調でそう言い放つ。強いなと、猛は憧憬《しょうけい》の思いをこめて里見を見つめた。強い男は好きだ。自分が強くはないから、憧れるのかもしれない。

バスローブから伸びる長い足。ごつごつとした骨とたくましく発達した筋肉に覆われた膝から下には、髪とおなじ蜂蜜色のすね毛が生えていた。肌の色は白いけれど、自分と違って軟弱さはまったく感じない。

あの足は、触ったら固いのだろうか。

「なんだ、もう酔ったのか」

瞳が濡れてきている自覚がある。猛は緩慢にまばたきしながら、視線を逸らした。まずい。思考に酔いの兆候が現れている。

「え……っと、もうそろそろ用件に入ってくれないかな。マジで酔っぱらったら、あとになってなにも覚えていないってことになりそうだし……」

「ああ、なにも覚えていないなんて言われたら、困るな」

「だろ。だから早く言ってくれよ」

猛はどうやっても視界に入ってくるベッドが気になってきた。部屋はツインだ。一人きりで泊まるのにベッドは二つも必要ない。ここにあとで誰かを呼ぶつもりなのだろうか。

呼ぶなら女だ。男の可能性はありえない。

十六年前から里見を知っているが、男を抱いたという話は聞いたことがなかった。

一年前、猛は里見以外の男に目を向けてみようかと、その手の店に行ってみた。なぜかすぐに里見が現れて連れ出されたが、あのときもし声をかけてきた男の一人とどこかのホテルに入っていたら、どうなっていただろうか――。

あの夜のことは、里見の口から一切、語られない。男を漁《あさ》りに行ったとわかっているはずなのに、猛になにも言わない。帰りの車の中で「立場を考えろ」と叱られたきりだ。

ああ、落ち着かない。ベッドのそばで里見と二人きりなんて、心臓に悪いシチュエーションだ。

猛はこんなに落ち着かないのに、里見は平然とグラスを傾けている。猛を性的対象には見ていない証拠のようだ。いや、実際にそんな目で見ていないのだ。どうすれば見てくれるのだろう。見てほしい。望みはないとわかっていても、こんなに魅力的な男が近くにいるのに諦められるわけがなかった。

バスローブをむしり取って、体をもっと見てみたい。一度も目にしたことがない里見のあそこを――。

本気《マジ》でヤバくなってきたと、猛はグラスをテーブルに置いた。酔いのせいか、思考がどんどん性的なものを孕《はら》んでいくのをとめられない。やっぱり飲むんじゃなかった。冷静でいられない。

「……話がないんなら、オレは帰らせてもらうよ」

立ち上がろうとしたら、素早く腕を摑まれた。ぐっと引っ張られ、中途半端に浮かした腰を戻される。

「待て。来たばかりだろう。急いで帰らなきゃならない用事なんてないはずだ」

「じゃあさっさと用件を話してくれよ」

「そうか、じゃあ話そう」

里見はグラスの中身を飲みほすと、ボトルからウイスキーを注いだ。大きな氷をごろりと入れ、ロックにする。とても猛には飲めそうにない代物《しろもの》を、美味そうに舐めた。寒い国の人々は体を温めるためにアルコールを好むと聞いたことがある。里見は日本で生まれ育っているが、母親の国であるロシアの人々のように酒に強い遺伝子を持っているのかもしれない。

「一年前、おまえ……新宿二丁目まで出かけていっただろう。なにをするつもりだったんだ？」

「な……っ……」

心の中を読まれたのかと疑うほど、タイムリーな話題だ。

「忘れたとは言わせないぞ」

どうしていまになってからあのときのことを聞くのか。

鋭いまなざしで縫いとめられ、猛は逃げるどころか視線を逸らすこともできない。

「……ただの、好奇心だよ……」

「好奇心？　へぇ、猛がその手の店に関心があるとは知らなかったな。それでどうして、なにがきっかけであそこまで行くつもりになったんだ」

「暇だったから、ちょっと行ってみただけ」

「なるほど。暇で、好奇心で、ゲイが集まる店に足を運んだと、そういうわけか」

里見はふーんと頷きながらも、ぜんぜん納得できていない顔をしている。猛は両手を膝の上でぎゅっと握りしめた。嫌な汗をかいている。

「俺が迎えに行ったとき、おまえ、二人の男に挟まれるようにして飲んでたな。あれって、誘われていたわけか」

「………そうだったかも、しれない」

「かもしれない？　ふざけたこと言ってんじゃねぇよ。あきらかに誘われてただろう。まんざらでもない顔してたのを、俺は昨日のことのように覚えているぞ」

「まんざら…って、そんな言い方――」

「俺が行かなかったら、どちらかの男についていくつもりだったんじゃないのか。それとも二人とも相手にするつもりだったのか」

この尋問はいったいなんだ。どうして里見はそんなことを聞きたいのか、わけがわからない。

「里見、いったいなにが聞きたいんだ。今日は、このあいだの借りを返させるために俺をここに呼んだんじゃないのか」

「ああそうだ。おまえに要求をつきつけるために呼んだ」

「だったらそれを早く言えよ。わざわざ一年前のことを持ちださなくても、俺はおまえの命令を聞くから」

「男についていくつもりだったのを認めるんだな？」

「だからどうしてそこに話が戻るんだよっ。そんなことは、いま関係ないじゃない」

猛は我慢できなくなって声を荒げた。わずかな酔いも醒《さ》めている。これはもしかしてゲイだとバレて糾弾《きゅうだん》されているのかと、途方に暮れそうになったとき――、

「男が欲しいなら、俺にしておけ」

「は？」

信じられない言葉に、猛は耳を疑った。

茫然と里見を見つめると、灰青色の瞳が真っ直ぐに射るようにして自分を見ていた。酔っているのかと疑ったが、瞳の色に濁りはなく、顔色もまったく変わっていない。

「一年前、おまえは男に抱かれるつもりであんな店に行ったんだろう。またいつその気にならないとも限らない。馬鹿なまねをする前に、俺で発散しろ」

「おま……なに……」

ずっと好きだった。十六年間も一途に想い続けた男にそんな言い方をされて、喜ぶ人間がいるだろうか。

猛は真っ青になって、握りしめた拳を小刻みに震わせた。

「……里見、おまえはゲイなんだろうって、責められた方が、まだマシだよ……」

「猛、俺は責めていない」

「だから、責められた方がマシだって言ってんだよっ」

悔しくて悲しくて腹の底が異様に熱い。

同情か。それとも犠牲的精神か。

熊坂組を守るために、清孝の名誉を守るために、組長であり息子である猛の下半身の処理までみずからが片付けようと思ったのか。

「俺をなんだと思ってんだ、このクソ馬鹿野郎っ！」

猛は立ち上がりざまに自分のグラスを摑み、中身を里見の顔めがけてぶちまけた。里見は避けなかった。したたかに顔と髪を濡らしながら、無表情で猛を見上げている。

「半ノラのミケは家猫になって、おまえの親衛隊に加わったそうじゃないか」

「は？」

ぽたぽたと髪から雫《しずく》を垂らし、里見は低く呟いた。アルコールの強烈な匂いの中、里見の視線はぶれることなく猛を捉えている。

「おまえが熊坂組の組長におさまったとき、まさかこんな事態になるとは思ってもいなかった。八年たった今じゃ、あそこは猛のハーレムだ。野郎どもにちやほやされて、さぞかし毎日が楽しいだろうな」

「………なに言ってんだ。ハーレム？　おまえ、頭がおかしくなったのか？」

本気で里見はどうかしてしまったのかと、猛は心配になってきた。働きすぎで思考回路が狂っているのかもしれない。

「ああ、おかしいのかもな」

里見がため息をついて濡れた髪を手でかきあげた。凝視してくる瞳は、青い炎が妖《あや》しく揺らめきはじめている。怖いほどに美しい青さだった。

「十六年前から、ずっとおかしいままだ」

「十六…？」

「できれば俺は熊坂組に入りたかった」

「ええっ？」

話があちこちに飛んで、猛はついていけない。

「おまえの下について、寄ってくるヤツらを全部蹴散らす役目につきたかった。そうすれば俺は安心していられただろうから」

「――もしかして、おまえ、そうとう酔ってるのか？ 言ってることがめちゃくちゃだ」

「酔ってない。この俺がこれしきの量で酔うか」

「いや、酔ってるよ。俺の下につきたかったなんて馬鹿なことをほざくのは酔ってる証拠だって。それに、寄ってくるヤツらを蹴散らすだとか安心だとか――」

「本当のことだ」

今夜の里見はどうかしているとしか思えない。猛はため息をひとつついて、里見の前を横切った。

「待て、まだ帰るな」

「帰らない。洗面所にタオルを取りに行くだけだ」

猛はサニタリーへ行き、棚の上に積んであったタオルを取った。部屋に戻ると、里見の頭にタオルを広げて乗せる。

「ほら、拭《ふ》けよ。ぶっかけて悪かったな。ついカッとなって」

里見がタオルをかぶったまま動かないので、猛は仕方なく髪と顔を拭いてやった。

「なにかあったのか。むしゃくしゃして、俺に難癖つけたくなったのか？」

「むしゃくしゃはしている。いつも。おまえの態度に」

「俺か」

好きな男にそんなふうに思われていると知らされて、傷つかないほど猛は鈍くない。泣きそうになりながら里見の髪を拭いた。

「だったら、今後はできるだけおまえの視界に入らないようにするよ」

「そうじゃない」

手首を摑まれた。タオルがするりとソファに落ちた。乱れた前髪の間から、まだ青い炎を孕んだ瞳が見上げてくる。

「おまえの頭の中はいつも組員のことでいっぱいだ。たまには俺のことも思い出すだろうが、それだけじゃ足らない」

「里見…？」

ゆっくりと里見が立ち上がった。それにつれて猛の目線も上がっていく。

「俺のことだけを考えろ。おまえがそうすれば、俺もおまえのことだけを考える」

里見は怖いほどに真剣だった。がっしりした腕が猛の背中に回される。まるで抱きすくめられるような体勢に、猛はうろたえた。

「なに、してんだよ、里見」

「猛……」

甘い声で名前を囁かれ、猛はぞくっと背筋を震わせてしまった。

「もう俺は待てない」

「な、なにが……」

「男が欲しいなら俺にしておけと、さっき言ったが――訂正する」

「訂正？　謝罪じゃないのか」

「女が欲しくなっても俺にしておけ」

「……えっ？」

動揺するあまり、里見の言葉の意味がとっさに理解できなかった。つまり、どういうことだ？

「おまえに触れていいのは、俺だけだ」

「あ……っ」

覆いかぶさってきた里見に、猛は唇を塞がれた。

信じられない。里見とキスをしている。いったいなにがどうしてこんなことに？

噛みつくようなくちづけに衝撃を受け、猛は抵抗らしい抵抗などできない。里見の舌が唇を割って侵入してきても、されるままになってしまった。

舌と舌を絡めあうキス。しかも相手は里見だ。どうしてどうしてと混乱しているあいだ、口腔《こうこう》は里見の好きなように蹂躙《じゅうりん》された。感じるどころではない。ただ犯されたとしか思えなかった。

唇が解放されたときも、猛はまだ茫然としていた。

「おまえ、下手くそだな、キス」

「…あ、ああ……ごめん……」

確かに下手かもしれない。里見に比べたら猛の経験なんてささやかすぎるくらいだ。上手くならなければいけないのだろうか。でもどうやったら上手くなる？

情けない顔をしている猛を見て、里見はぐぐっと眉間に皺を寄せた。

「おい、もしかしてわかってないのか」

「……な、なにが？」

猛を抱きしめたまま、里見が呆れた顔になる。数秒間の沈黙ののち、いきなり猛は里見に抱き上げられた。横向きに抱っこされて、仰天する。

「な、な、なななななっ」

「口を閉じろ。舌を噛むぞ」

慌てて口を閉じた直後に、ベッドに放り投げられた。荷物のように扱われてバウンドした体を、里見が上からのしかかってきて動けないようにしてしまう。

「お、おいっ」

里見の体は重かった。太ってはいないが身長が百九十センチもあるのだから、体重は八十キロ近いのではないだろうか。容赦なく体重をかけられて、息苦しい。

「お、まえっ、潰す気かっ」

「そんなことはしない。ちゃんと手加減している」

「嘘つけっ」

もがいて逃げようとすれば、頭をがっしりと固定され、またくちづけられる。くちづけの意味よりも、さっき下手くそと詰《なじ》られたことの方が気になって、猛は必死で舌を絡めた。

猛が積極的に応えたためか、里見の動きはゆったりとした余裕があるものになる。

「ん、んっ」

ぬるぬると唾液で滑る舌を優しく擦られて、しだいに気持ちよくなってきた。

「んっ、んふっ、んんっ」

鼻から甘ったるい息が漏れるのも気にならないほど、猛は夢中になって里見の舌を追いかける。舌で触れあい、吸われては甘く歯を立てられ、じんとした快感に頭の中に霞《かす》みがかったようになった。

キスにこんな快感があったなんて、猛は知らなかった。体が熱くなる。指先までぴりぴりと痺れたようになってきた。

そっと唇が離れたあとも、名残惜《なごり》しくて里見の濡れた唇を見つめてしまう。

「猛……とろとろになったな」

「あ、んっ」

里見の舌に、ねっとりと唇を舐《な》められた。

もっとキスがほしくて、その舌を追いかける。捕まえて、自分の口腔に引きこんだ。いつのまにか里見の頭を両手で抱えこむようにして貪っている。

素面《しらふ》だったらこんなことできなかったかもしれない。酔いのせいにしてしまえ、どうせ一度限りだと頭の隅っこで考えながら、猛はなかば自棄になって里見の舌を味わう。

「んっ、ん――っ」

猛はびくっと肩を揺らした。

スーツの上着のボタンを外され、ワイシャツの上から乳首をまさぐられたのだ。興奮して尖りきっていたそこを指先で弄られると、背筋に電流が走ったようになる。さらにボタンをいくつか外されて直接指が触れてくると、痺れるような快感にびくびくと腰が跳ねてしまった。

男でも胸が感じることに衝撃を受け、慌てて逃げようとしたら里見が体で押さえつけてきた。

胸を弄っていた手が、するりと移動してベルトを外そうとする。脱がなくてもわかるほどに、猛の股間はすでにいきりたっていた。

里見に勃起した性器を晒すなんて、さすがにそこまではできない。勃ってしまったからには本当はいますぐ扱《しご》いて吐き出したいけれど、猛は精一杯の自制心でもって、里見の手をとめた。

「さ、里見、やめ……」

キスまでなら性別に差はないが、下半身にははっきりと男女の違いがわかるものがついている。調子に乗っている感じの里見が、それを目の当たりにしたとたん我に返って冷たく突き放されるのは怖い。

「里見、ちょっと、ちょっ……」

ボタンが外され、里見の手が強引に下着の中に入ってきた。

「あっ」

里見はためらいもなくそれを握ってくる。

だめだとわかっているのに、腰がとろけるような快感に全身の力が抜けてしまった。

「あ、あ、あ……」

里見は触れるだけでなく、手を上下に動かした。自慰とは比べようもないほどの気持ちよさに、猛はもはやなすすべもない。

「猛……」

「あ、う、あぅ」

「これは俺のものだ」

　里見は乳首をぺろりと舐めて、「ここも」と囁く。切ない喘ぎ声しかこぼれなくなった猛の唇も舐めてきた。

「ここも、おまえのすべては俺のものだ」

　くちゅくちゅと濡れた音が股間から聞こえてくるのは、それほど性器から先走りが溢れている証拠だろう。恥ずかしさよりも快感が勝り、猛は里見のバスローブにしがみついて腰を揺らした。

「気持ちいいか？」

　取り繕うこともできずに猛はかくかくと何度も頷く。生まれてはじめて味わう強烈な快感に、自然と涙が溢れてきた。

　ただ手で擦られているだけなのに。

「あ、ああ、里見、里見ぃ」

「いいぞ、イケよ」

　最後を促すような指の動きに抗えず、猛は激しく放出した。

「………あ……っ………う………んっ……」

　好きな男の手による射精は衝撃的で、猛はしばらく余韻にひたったまま戻ってこられなかった。

　ぼんやりとかすむ視界がクリアになったのは、目の前で里見が自分の指を舐めているのに気づいたからだ。

「おまえ、なにして……」

里見は猛の体液で汚れた手に舌を這《は》わせていたのだ。啞然とした。

「やめ…っ、汚いからっ」

「猛の出したものが汚いわけがない」

里見の目は真剣で、青く燃え続ける炎はさらに激しくなっているように見えた。

「……これが、なにかわかるか？」

「えっ……」

里見が下半身を猛に擦りつけるようにしてきた。固くて熱いものが、猛の股間にぐりっと当てられる。バスローブのポケットに拳銃を仕込んでいるわけでもないのなら、正体はあきらかだ。

里見が勃起している。自分に欲情してくれたということなんだろうか。里見は男も抱けるのか。

「猛、ずっとおまえを抱きたかった。十六年も前から、こいつをおまえに突っ込みたくてしかたがなかったんだ。わかるか」

「嘘だ……」

抱きたかった？　十六年前から？　そんなの嘘だ。信じられない。いままでそんな素振りを見せたことがなかったじゃないか。

「嘘じゃない」

「でも、おまえ、女とやりまくって……」

「どこかで発散しなきゃ溜まるだろうが」

「お、俺には、立場を考えろとか言っておいて、自分だけ…っ」

「当たり前だ。女はともかく、かわいい猛をよその小汚い男に触らせられるか」

「か、かわいい…？」

とんでもない単語が里見の口から出てきて、猛はカーッと赤くなった。

「俺の、どこがかわいいって？　一度もそんなこと言われた記憶ないぞ。馬鹿にしてんのかっ」

「ああもう、つべこべ言うな。ここまできたらやるしかないだろう」

「なんだよ、それ。結局おまえは性欲なのか」

いっぺんにあれこれと言われ、あれこれと体験させられ、動揺のあまり猛はあらたな涙を滲ませる。

里見が覆いかぶさったまま、やれやれといった感じでため息をつく。

「おい、猛」

里見の手が猛の顎《あご》を摑んできて、額と額がくっつくほどの至近距離で、じっと見つめられた。何度見ても、瞳の中で揺らめく青に、猛は吸いこまれそうになる。

「さっきから俺がいろいろ言っているのを、きちんと聞いていたか」

「……聞いて、いたけど……」

「いいか、あれは全部――」

全部、なに？

「愛の告白だ」

ふたたびくちづけからはじまった。

剝《は》ぐようにして服を脱がされ、裸にされた。

その間中、肌という肌にくちづけが落とされる。日に焼けていない肌に赤い鬱血のあとが無数に散ったが、猛はそんなことに構っていられるほどの余裕がない。嵐にもみくちゃにされているような感覚だ。

「あ、ああ、もう、里見、もう…っ」

「もう、なんだ。やめろって話なら聞かない」

「この格好、やだ…って」

経験値の低い猛は一度いかされただけで脱力してしまい、足を開かれたり体をひっくり返されたり、ほぼ里見の言いなりだった。

「やだもくそもない。エロくてかわいいじゃないか」

「ばっ、ばかっ」

まったく力の入っていない罵声《ばせい》は、後ろの窄まりに指を挿入されて悲鳴に変わった。

両足を大きく開かされて乳首を吸われながら指を挿入されるなんて、猛の許容を越えている。恥ずかしさのあまりぐすぐすと泣きだした猛に、里見は舌打ちした。

「おい、いい加減にしろよ。泣くなんて卑怯だろう」

里見が怒った。猛が下手くそすぎてちゃんとセックスできないからだ。呆れられてこの状態で放りだされたら、猛は死にたくなるかもしれない。

「ごめ、ごめん、怒らないでよぉ」

「怒ってない。そんな顔をされると暴発しそうだから泣くなと言っただけだ」

「暴発？」

涙で濡れた目を里見の下腹部に向けると、バスローブを脱ぎ捨てて剝き出しにされた股間がすごいことになっていた。

日本人にあるまじきサイズのものが、だらだらと先走りを垂らしながら臍につきそうなくらいに反り返っている。

「な、なに、それ………」

「なにってなんだ。化け物でも見たような顔をするなよ。俺のムスコだ」

「無理、無理だって、それ。俺に突っ込むつもりなんだろ？　無理っ」

「ちゃんと広げるから大丈夫だ。逃げるな」

がしっと腰をホールドされて、猛は本気で泣いた。里見を好きだけれど、いきなりのアナルセックスは怖すぎる。しかもあれのサイズは尋常じゃない。

「猛、猛……だから泣くなよ」

こぼれる涙を、里見が優しく唇で吸い取ってくれる。宥めるようにキスされて、懇願口調で愛を囁かれた。

「猛、もう待てない。愛してるんだ。わかるだろう。おまえだっておなじはずだ」

「里見……」

「ずっとこの日を夢見ていた。おまえと抱き合う日を」

「……うん、うん」

猛が弱々しくも頷いた直後、挿入されている指が二本に増やされた。

「愛してる」

「うん……」

いつも意地悪ばかりだった里見にそこまで言われては、ぬくぬくと指が出入りする異様な感覚を、猛は我慢するしかない。里見は望んでいる。そこを使って体を繋《つな》げることを。

「ここ、ぜんぜん気持ちよくないか？」

「わ、わからな……」

「ここは？」

指がぐりっと粘膜を抉《えぐ》り、猛は声もなくのけぞった。なにかが全身を駆け巡ったような感じがした。

「ここだな」

「ま、待って、ちょっ……」

里見がにやりと不敵な笑みを見せて、そこを指で嬲《なぶ》ってくる。強烈な快感が突き上げて、すぐにでも射精してしまいそうになった。

「ああっ、あっ、里見、里見ぃ」

腰が勝手にゆらゆらと揺れてしまう。上になっている里見に、助けてとしがみついた。

「すげぇ、エロいぞ、猛」

嬉しそうに里見がキスをしてくる。とにかくなにかに縋りつきたくて、里見の舌に、懸命に吸いついた。里見の舌と指の動きは連動しているようで、性感をどんどん煽《あお》られる。

「あ、あん、んっ、んんっ」

声を抑える努力など、とうにどこかへ行ってしまった。湧き出るようにしてこぼれる艶のある声に里見がかなり煽られているなんて、猛は思ってもいない。

「猛、かわいい、ヤバイくらいかわいい」

里見の呼吸も荒くなっている。

「ほら、指が三本になった。上手だ、猛」

「里見ぃ」

熱い。どこもかしこも燃えるように熱い。

里見を見上げれば、涙の膜の向こうで、瞳が青く輝いている。冷たく見えるけれど、高温で燃えている青い炎だ。

「里見、里見」

焦がれて焦がれて、十六年間も焦がれ続けて、やっとこんなふうになれた――。

「好きだよぉ、里見……」

里見の白い頬に噛みつきながら告げた。

「愛してる。俺だって、愛してる」

「やっと言ったな」

ふっと里見が苦笑した。ずるりと体内から指が抜かれる。すぐにもっと大きくて熱いものが、そこを埋めようとしてきた。

「あ、あ、あ、里…見っ」

「く……猛っ」

ゆっくりと、でも容赦ない強さで、それが入ってくる。痛くて苦しくて息ができないほどだったが、猛は拒絶の言葉は一切口にしなかった。

「すげ……、いい、猛……」

里見が切なく顔を歪めて浅く息をしている。

自分の体が好きな男に快楽を与えている事実に、猛は感動していた。

「里見ぃ、俺……うれしい……」

うっと里見が息をつめる。

「だから、そういう顔でそういうことをペロッと言うな。イキそうになるだろうっ」

「そういう顔って、どんな顔だよぉ」

「だから、この顔だっての」

顔を見ないためか口を塞ぐためか——里見はキスしてきた。そのまま荒々しく腰を揺すりはじめる。

「んっ、んっ、んっ」

呻きが喉でこもる。息ができない。苦しくてじたばたともがいたら解放してくれた。

「あ、ふっ」

「もう余計なことは言うなよ」

唇が離れたときにそう釘を刺されたけれど、なにが余計なのかわからない。

「あ、んんっ」

ぐぐっと突き上げられてのけ反る。ずるりと引きだされて里見の肩に爪をたてた。

あんな大きなものが自分の中に入っているなんて信じられない。圧迫感と異物感は半端なくあるけれど、里見とひとつになれた喜びの方が大きかった。どうしても体を繫げたがった里見の気持ちがわかった。

「ああ、ああ、ああ、里見ぃ…」

里見の背中に腕を回し、喘ぎながらすがりつく。筋肉に覆われた広い背中は、しっとりと汗ばんでいた。もっと近くに寄りたくて、起こした頭を里見の肩口に擦りつけるようにする。そうすると首のあたりから里見の鼓動が響いてきた。早鐘を打つような脈拍に、里見が興奮しきっているのがわかる。

「…………あ…………っ」

粘膜を擦られているうちにだんだんと快感みたいなものが生まれつつあって、なにかが来そうな予感に怯えた。

「猛……最高だ……」

熱のこもった賛辞を耳に吹きこまれたのをきっかけに、予感が現実になった。

「あ、ひ………っ」

お腹の中が熱い。抉られている場所からとろけるような快感が生まれて、一気に全身へと回っていく。

里見の腹筋に擦られている猛の性器は、いまにも爆発しそうなほどぱんぱんに膨れあがっていた。

「あ、あ、あ、や、やだ、ああーっ」

指先まで快感が満ちた瞬間、猛は絶頂に達していた。びくんびくんと背筋を震わせながら白濁を散らす。

「猛、おまえ………後ろでいったのか」

「ひ…、ひ………、も、やだ、やめ……っ」

いったはずなのに、高まりきった性感はおそろしく敏感なまま里見の動きを追い続けている。すぐにでもまた達してしまいそうで、猛は辛くて泣いた。

「里見、里見ぃ、もうやだ……っ」

「待て、もうちょっとだから」

「あうっ、うっ、そこだめ…、だめ、ぐりってするなぁ…」

「擬音はやめろ」

「里見かっこいいのにエロいぃ」

「………黙れ、猛」

低く唸るように命じてくる里見のそれが、猛の中でさらに大きく膨張した。

「な、なんで、なんで…?」

「おまえが悪い」

繋がったまま無理やり体をひっくり返されて、今度は後ろから挑まれる。正面から繋がったときとはちがう場所を突かれて、猛はまたあらたな快感に襲われた。

「あーっ、あっ、あーっ、いい、いい、いいよぉ」

萎《な》える間もなく勃ちっぱなしの猛の性器は、先端からだらだらと雫を垂らしながら動きに合わせて揺れた。

「猛、なんだよ、この背中と腰。細すぎるだろ。くそっ」

「ああっ、あーっ」

視界がブレるほどに激しく突きまくられ、猛はがくりと肘《ひじ》を折って上体をベッドに突っ伏した。臀《でん》部《ぶ》だけを里見に預ける格好になる。この体位がどれほど男の理性を砕くか、猛は知らない。

「あ、ひ………」

里見がさらに大きくなった。

「おっきい、おっきすぎるよぉ」

「だから、そういうことを言うなっ」

「ああ、そこ、そこっ、ぐちゅぐちゅってしないでぇ」

「擬音はやめろっ」

「また、いく、いくぅ」

「くそっ」

ひときわ強く腰を入れられたと思ったら、体の奥に熱いものが叩きつけられる。

「あう………っ」

里見が射精した。自分の中で。

理解したと同時に、猛もつられるようにして達していた。吐き出した量は少なかったが、絶頂感は一番だった。

重なったまま、二人はどさりとベッドに横になる。里見が無言で背中を抱きしめてきた。

「………信じられねぇ………」

茫然とした感じで里見がぽつりとこぼす。なんのことだろうと疑問に思っていたら、答えをくれた。

「どの女とやったときよりも、よかった……」

女と比べるなと怒ってもいい場面だ。さすがの猛もムッとしたが、荒い呼吸と乱れた鼓動が背中ごしに伝わってきて怒りは萎えた。腹に回された里見の手を、猛はぎゅっと握りしめた。

「……里見……なぁ、俺たちって……恋人になったのか？」

「……関係に、あえて名前をつけるなら、そうなんだろうな」

里見らしい言い回しに笑みがこぼれる。

自分だけのものになったのだ。この稀有な存在を、ひとりじめしてもいい立場になれた。

「体、大丈夫か？」

まだ里見は後ろに入ったままだ。猛の腹や腰のあたりを大きな手でさすりながら、里見は耳たぶを甘く噛んでくる。

「あっ、ん」

甘ったるい声が出てしまい、猛はいまさらながら赤面した。

「やめてよ、痛い」

「痛いだけか？　感じたんだろ？」

認めたくないが、確かにそうだ。乳首だけじゃなく耳まで感じるなんて。

でも、それはきっと——。

「……仕方がないよ。俺は、おまえにされることなら、たぶん…なんでも良くなっちゃうんだよ…」

拗ねた口調で正直にそう告げたら、体内の里見がぶわっと大きくなって粘膜を広げた。

「なに？　なになに？」

驚いて体を離そうともがいたが、勃起した里見が逃がしてくれるわけがない。

「猛……」

首をねじって背後の里見を見ると、ふたたび目が燃えている。ヤル気満々だ。求められるのは嬉しい、嬉しいが、猛は初心者だ。

「ちょっ、待ってよ、里見、続けては無理、無理っ」

「おまえがかわいいことを言うからだ」

「俺のせい？」

ガンッとショックを受けているあいだに片脚が持ち上げられ、里見の腰がゆるゆると動きはじめた。

「俺はな、おまえの言葉にいちいち煽られてんだよっ。どうしようもなくっ」

「あ、あ、あ、あっ」

里見の大きさに慣れてしまったのか、熟《う》れたようにぐずぐずになっている粘膜は擦られて快感しか拾わない。すぐに里見の動きは激しくなって、猛はまた勃たせてしまった。

中に放たれた体液がぐちゅぐちゅと音を立てるのが聞こえる。

「音、いやだよぉ」

「気にするな。あとでかきだしてきれいにしてやるから」

とんでもないことを言われて唖然としていたら体位を変えられた。胡坐をかいた里見の膝に後ろ向きで乗せられて、大股開きさせられる。

「さ、里見、里見っ」

「おまえ、軽いな。楽勝だ」

「なに、なにが、なにがっ」

里見は猛の両足の膝裏に手をかけると、腕力にものをいわせて揺さぶってきた。串刺しにされるような衝撃に猛は悲鳴を上げる。けれどすぐにそれは嬌声《きょうせい》になった。

「ああ、ああ、ああ、ど…して、いい、あっ」

「俺にされるとなんでもいいんだろ？」

「ああ、あーっ、いく、また、い……っ」

「いくらでもいけ」

濡れた性器を扱かれて、猛は泣きながらいった。もうほとんど体液は出ないのに、快感は増しているような気がした。

その夜、猛は体位のバリエーションをいくつも教えられ、射精をともなわない絶頂まで体験させられ、バスルームで中まで洗われ、明け方にやっと解放されて気絶するように眠りに落ちたのだった。

翌日の夕方になってから、腰が立たない猛を、里見はマンションまで送っていった。

エントランス前でとめたタクシーから抱き上げた猛を、通路でもエレベーターでも一度も下ろすことなく部屋まで運ぶ。

猛をベッドにそっと下ろしてから、里見は勝手にクローゼットを開けた。

適当に部屋着を取り出して、猛のスーツを脱がす。仏頂面の猛は、無言でされるがままになっていた。

昨夜、泣きすぎたせいで猛の目は腫れぼったくなっている。顔色も悪い。けれど里見の目には、とてつもなくかわいく見えていた。

なにせ身も心も手に入れることができたのだ。内心ではうきうきしながら、猛を着替えさせる。気を抜くと鼻歌がこぼれてしまいそうなほど頭の中は春になっていた。

だがあまりのんびりしていられない。猛は体調不良を理由に自宅療養すると組事務所に連絡を入れたが、里見はそうもいかなくて、いまから月伸会の本部に顔を出さなくてはならなかった。

「なにか飲みものを持ってくるか？」

「……水」

里見はキッチンへ行って冷蔵庫からミネラルウォーターのペットボトルを取ってきた。

それをベッドサイドのチェストに置く。

「ここに置いておくぞ。あと、なにか必要なものは？」

「……携帯」

スーツのポケットに入ったままになっていた携帯電話をペットボトルの横に置いた。

「猛、俺はもう行くが、なにかあったらメールでも電話でもいいから、かけてこい」

猛にとってははじめてのアナルセックスなのに、かなり無茶をした自覚がある里見だ。

バスルームで洗ったときに見てみたら、傷ついてはいないがすこし腫れていた。もし発熱でもしたら辛いだろうと、里見はそう言ってみたが、猛は返事もせずにブランケットを頭からかぶってしまった。

「……猛……？」

猛はホテルで目が覚めたときから、まともに里見を見ようとしない。にこりとも笑わない。照れているだけだろうと楽観していたが、もしかして昨夜のセックスは不本意だったのだろうか。

「猛、顔を見せてくれ」

「……………」

「なにか気に入らないことでも、あるのか？　もしあるなら、いま言ってくれ」

繭のように丸くなってしまった猛を前に、里見はちょっとばかり途方に暮れる。

まさか振りだしに戻るなんてことはないだろうなと、ぞっとした。一度は手に入れたと思ったのに、そうでなかったなんて、認められるわけがない。

「…………猛、なにか言ってくれないと、俺は出かけることができない」

「………じゃないか」

　くぐもった声が聞こえて、里見は「え？」とブランケットに耳を寄せた。

「なんだって？」

「……なきゃいいじゃないか」

「猛、聞こえない」

「出かけなきゃいいって言ったんだよっ」

　いきなりガバッと頭を出して叫んだあと、猛は再び繭の中に入ってしまった。

　里見はしばし唖然として立ち尽くした。

　つまり、猛は里見に行ってほしくないと思っているのか――？

　なんだ……と里見は肩の力を抜いた。

　はじめてセックスしたばかりだから、猛は里見と離れ難いと、もっとずっと一緒にいたいと、拗ねているわけか。

「猛……」

　ベッドの端に腰かけ、里見はブランケットの繭をぎゅっと抱きしめた。ほんのりあたたかい。

「すまない。どうしても行かなくちゃならないから、俺は行く。だが、用事が済んだら、ここに戻ってくる。いいか？」

「………なにもしないなら、来ていい………」

ぼそりと答えた声は不機嫌そうだったが、甘えが滲んでいた。

「わかった」

「本当に？」

「昨夜のようなことは、二度としないと誓う」

「えっ？」

ぎょっとした顔でブランケットから出てきた猛に、里見はつい笑ってしまった。すぐに冗談だと察したか、猛は顔を真っ赤にして睨みつけてくる。なんてかわいい生き物だろうか。

「わかってる。二晩続けて突っ込むほど、俺は鬼畜じゃないさ」

「……本当に？」

「おまえが嫌がることはしない。だから、ここに戻ってきてもいいか」

下手に出れば、猛は拒めない。数秒の逡巡のあと、猛は頷いた。

「……いいよ」

頬に赤みを残したまま、猛は今日はじめて里見を正面から見つめてきた。一途に自分だけを映す黒い瞳は、十六年前となにも変わらない。里見の情欲をかきたててやまないものだ。

里見は嫌がることはしないと言ったが、なにもしないとは約束していない。その事実に猛が気づくのは、夜になってからだろう。

「行ってくる」

「……うん」

寂しそうな猛に、里見は我慢できずにキスをした。触れるだけのつもりが、つい舌を入れてしまう。

「ん、んっ、ん……」

猛の鼻声がかわいい。もっと聞きたくて、名残惜しくて、キスが濃厚なものになってしまう。けれど、いつまでもいちゃいちゃしていられない。里見には仕事が待っていた。

しばらく猛の口腔を味わってから、貪欲に求めたがる体をなんとか理性の力で引き起こす。

「里見……」

とろんと瞳を潤ませた猛は、殺人的に色っぽい。しかもベッドの上だ。里見は身を引き裂かれる思いで猛から離れた。

「じゃあな」

猛はベッドの中から見送ってくれた。

マンションから出ると舎弟が運転するベンツがエントランス前に到着したところだった。

無言で乗りこむと、静かに走りだす。なにも言わなくとも行き先は月伸会本部だ。

里見は流れる車窓にぼんやりと目を向けながら、部屋に置いてきた猛のことを考える。

昨夜、あれほど抱いたのに、もう欲しくてしかたがない。性欲が旺盛な方だと自覚はあったが、これは異常だ。相手が猛になるだけで、こうも違うのかという驚きがある。

本当に愛している者の色香は強烈なのだと知った。

「……猛……」

里見がため息まじりに呟いた名前ははっきりと耳に届いていたが、運転している舎弟は聞こえないふりをするくらいの分別があった。

そして、めったに外泊しない里見が昨夜わざわざホテルに泊まり、翌日の午後になってからこのマンション前まで迎えに来るようにと命じてきた理由を、ほぼ正確に推測した。

今後、月伸会若頭は熊坂組組長の自宅に通う機会が増えるかもしれないと、寡黙で有能な舎弟は心にとめておくことにしたのだった。

◇

「おはようござ…………」

ベンツから降りてきた猛に向かって、一斉に挨拶しようとした組員たちは、続いて降りてきた里見を見てぎょっとした。

「みんな、おはよう」

いつものように笑顔で組員に手を振る猛に、アキラが焦った様子で「ど、どうしてっすか」と詰問してくる。

「なにが？」

「どうして若頭が組長と一緒にウチに来るんですかっ」

「ああ、なんか、ここに寄ってから本部に行くって言って、ついてきた」

猛自身、里見が「熊坂組の事務所に行く」と言い出したときは「なんで?」と首を傾げたから、アキラに聞かれてもうまく説明できない。

組員たちの奇異な目を集めながらも、里見は堂々と猛のあとについて事務所に入った。

あのホテルの夜から一週間がたっている。

そのあいだ、里見は半分ほどの夜を猛のマンションで過ごしていた。部屋の中に里見がいるという光景にまだ慣れない猛だが、一緒にいられるのは嬉しい。セックスも嫌ではないから、求められるのは愛されている証拠のようで幸せを感じられた。

ただ、事務所までついてこられると複雑な心境になる。里見が近くにいるとついついデレっとした顔になってしまうので、組員たちに不審がられないかと心配になるのだ。

そんな猛の心境を知ってか知らずか、里見は組長の部屋にまでついてきた。中で待っていた水貝が軽く目を見張っている。

「……おはようございます、組長。今日はまた、デカイお供がいますね」

天下の月伸会若頭をお供と表現してしまう水貝は大物だ。

「気にしなくていいよ。すぐにいなくなるから」

「ひどい言い方だな、猛」

里見は余裕の態度で勝手にソファに座った。

「おまえがいると組員たちが落ち着かないんだって。特に用事がないなら、もう本部に行ってくんない？　そもそもなにをするためについてきたんだよ」

「いやなに、ちょっと牽制を」

「牽制？　なんのために、だれを」

思い当たるふしがなくて、猛は首を傾げる。

里見は流麗な眉を片方だけ持ち上げてみせた。

「ミケは来ているか？」

「ミケ？　どこかにいたんじゃないの」

問うように水貝を振り返ると、「今日はオフっすね」と呆れた口調で答える。

「オフ？　新入りのくせに休みがあるのか。生意気だな」

「俺の組のきまりについて里見があれこれ言うなよ。ミケになんの用だったんだ」

「猛はもう俺のものだから懸想《けそう》するなと釘を刺しておこうかと」

ケソウ？　もしかして懸想か？

頭の中で漢字を当てはめてから、猛は本気で里見を罵倒《ばとう》した。

「おまえ馬鹿じゃないの。どうしてミケが俺に懸想すんだよ。この馬鹿！」

「馬鹿と二回も言ったな、この俺に」

「馬鹿だから馬鹿っつったんだよ、クサレ外道《げどう》が！」

　大切な組員を侮辱した里見に、猛烈な怒りが湧いてくる。いくら恋人でも、許せなかった。

「ミケは俺を命の恩人だと思って心を入れかえただけだ。へんな感情は持ってないっ」

「そんなことはわからないだろう。もし猛に欲情していたらどうする。俺に抱かれてずいぶん感じるようになったその体を——」

「黙れーっ！」

　猛は真っ赤になってテーブルの上に置いてあったクリスタルの灰皿をぶん投げた。里見がとっさに避けなければ、流血沙汰になっていただろう。

「ここで、そんな話をするなっ。おまえには常識ってもんがないのか！」

「ヤクザに常識なんかあるかよ」

「ヤクザにだって常識くらいはある！」

「ミケに常識はないかもしれないだろう」

「あるに決まってる！」

「おまえ、突っ込まれたらあんあん喘いじゃうかもしれないだろう」

「喘ぐかーっ！」

　確かに猛は昨夜も里見に抱かれた。この一週間で何度か抱かれて、ずいぶん慣れてきたせいか、ものすごく感じて失神しそうになることもある。だからといって常に男を誘う態度でいるわけもなく、貞操の危機なんてあるわけがない。もし三池が猛をそういう意味で狙っていたとしても、そう簡単に突っ込まれてたまるか。

「頭の中が腐ってんじゃないのかっ」

「十六年も大切に漬けこんでおいたから、発酵しているかもな」

しれっと里見は言ってのける。三池への侮辱は撤回しないつもりらしい。

そこで猛は水貝の存在を思い出した。斜め後ろから視線を感じる。おそるおそる振り向くと、ニヤニヤ笑っている水貝がいた。

「いやぁ、ただのバカップルみたいっすね」

猛は冷水を浴びせられたかのように頭が冷えた。バレてる。完全に。

すぐにでも逃げ出したいが、ここは自分の事務所だ。里見と水貝が出ていけばいい。

「里見、とっとと出ていけ」

「そうだな。ミケがいないんじゃ、長居しても仕方がない。また来るよ」

「来なくていいっ」

背中を向けた里見の尻を蹴ろうとして足を振り上げたら、絶妙のタイミングで振り返った。足が中に浮く。

「俺を馬鹿とかクサレ外道だとか言ったおしおきは、今夜じっくりたっぷりとしてやる。待ってろよ」

きらりと瞳を青く光らせて、里見は部屋を出ていった。

おしおき？　里見が意味深に言うからには、きっとエロいおしおきなんだろう。ただ抱かれるだけでも経験の浅い猛にはいっぱいいっぱいなのに、それ以上のことをされたらパンクしてしまうかもしれない。

ぞっとして、今夜の災難をどう回避すればいいのかと頭を悩ませはじめた猛は、またもや水貝の存在を忘れていた。

「おしおきっすか。熱々でいいっすねー」

ははは、と笑われて猛は硬直する。

「おしおきの内容いかんでは、組長、明日は休みにしたほうがいいかもしれないっすね」

そんな気遣いはいらない。

猛は水貝を怒鳴りそうになったが、もしかしたら本当に明日は出て来られないかもしれないと思うと、そう邪険に扱うことはできない。水貝は組長代行のような立場だからだ。

「明日、休まなくちゃならないようだったら、電話してくださいよ」

「………わかった………。とりあえず、一人にしてくれないか？」

「はいはい」

水貝は軽い足取りで部屋を出ていった。

猛は負けた武将のような気持ちで、がっくりとハイバックチェアに腰掛ける。このお気に入りの椅子は里見からの贈り物だ。蹴り飛ばしたくなるが、壊してしまったらこんな高価なものは自分で買えない。
傍若無人《ぼうじゃくぶじん》にふるまえない小心者の自分に、猛はため息をこぼすのだった。

極道ハニー

午後九時。

「そろそろ帰りますか」

熊坂《くまさか》組の組長である熊坂猛《たける》は、右腕的存在である組員の水貝《みずかい》からそう聞かれていた。熊坂組のシマには繁華街はなく、あるのは昔ながらの商店街と住宅街と神社くらいだ。深夜まで事務所に詰めている必要はなく、だいたいいつも九時くらいには帰宅していた。

「う-ん、そうだな。もう帰ろうか」

猛はハイバックチェアに小柄な体を埋め、携帯電話を弄《いじ》りながら怠惰に返事をした。

このまま事務所にいても暇だとわかっているが、かといってまっすぐ帰宅しても、一人暮らしなのでだれも待っていなかった。恋人が来るとわかっている日ならば、すこしでも快適に過ごせるようにと掃除をして風呂の準備をして待っているのだが――。

今日はたぶん彼は来ない。昨夜、猛の自宅マンションに泊まっていったばかりだからだ。好きな男に会えないのはつまらない。三カ月前にシングルからダブルに買い替えたベッドは恋人と眠るためのもので、一人で寝るのは寂しいがしかたがない。一緒に暮らしているわけではないから、そう連日のお泊りは無理だ。なにせ恋人は猛の実家に住んでいる。

猛の恋人は眞木里見《まきさとみ》という名の極道だ。名前はかわいいがれっきとした男で、百九十センチの長身で、半分入っているロシア人の血のせいか、がっしりした体格をしている。ヤクザの父親に育てられた里見は、猛とおなじく由緒正しき極道の血筋だった。

里見は現在、熊坂組の上部団体である月伸会《げっしんかい》の若頭だ。月伸会の会長は、猛の実父・清孝《きよたか》。清孝は里見を信頼し、その能力を重用している。猛と里見はおなじ釜の飯を食った家族同然の存在だったが、いまでは立場が天と地ほどにちがってしまった。

片や歴史はあるが金を生む産業がなくのんびりと庶民が暮らすだけのシマを持つ熊坂組の組長、片や広域指定暴力団の二次団体である月伸会のナンバーツーである若頭。

里見は超高級マンションに住めるくらいの金は持っているだろうに、猛の実家に住んでいた。十六歳のときに熊坂家に引き取られてからずっとだ。猛の両親にかわいがられている里見は、あの屋敷から出る気はないようだ。

「一人暮らしはしないのかな……」

恋人への不満は、それに尽きる。一日か二日おきに泊まりに来てくれて情熱的に抱いてくれるのは嬉しいけれど、自由に行き来できないのは不便だった。

猛はできるならあまり実家には顔を出したくない。世話焼きの母が絶対にアレコレとうるさくつきまとってくるから面倒なのだ。一人息子なのだから当然なのかもしれないが、いい加減、息子がもう二十代後半だというのをわかってほしい。過保護と過干渉がいやで、猛は家を出たのだ。

里見も干渉されているはずだが、ありがたいと思っているふしがあった。だからこそ、猛の父からの信頼が揺らがないのかもしれないが。

「一人暮らしって、若頭のことですか？」

水貝が猛の呟きを的確に拾って振り返った。特大ドクロがプリントされた黒いTシャツの上に革ジャンを着ている水貝の印象は、あいかわらずのチャラさだ。極道者には見えない。

「熊坂の屋敷を出て行くタイミングが、もう見つからないんじゃないですか。実子の組長が先に出ちゃいましたからね。あとはもう、所帯を持つとか、女ができたとかの理由しか……」

「所帯……」

里見には似合わない言葉だなと、猛は眉間に皺を寄せる。いや、似合わないとかではなく、単に猛がいやなのだ。女なんかつくってほしくない。

里見のことは、はじめて会った十六年前から好きだった。おたがいに一目惚れだったと判明してから三カ月がたち、いま二人は順調に愛を育んでいる。猛は当然のごとく、女と結婚なんて一生しないと思っているが、里見はどうだろう。したいのだろうか。その場合、猛はどうなるのか。

「若頭の場合は女じゃなくて男ができちまったわけだから、会長と姐さんにはなかなか言い出せないでしょうねぇ」

水貝はカラカラと陽気に笑い飛ばしたが、猛は笑えなかった。自分たちの関係は、人に言えない種類のものなのだ。里見への純愛はなんら恥ずべきものではないと自負しているけれど。

「ああもう、そんなしょぼくれた顔しなくていいっすよ、組長」

ばしばしと痛いほどに肩を叩かれて、猛は呻《うめ》いた。

「若頭が組長にベタ惚れなのはマジですから」

「………そうかな」

第三者にはっきりとそう言ってもらえると気持ちが浮上してくる。明日か明後日、里見がまた部屋に来てくれるまで、元気に過ごさなくてはならないのだから。

不意に猛の携帯電話が電子音を発した。メールの着信だ。

「あっ、里見」

噂をすればナントカか、里見からメールが届いた。急いで開いてみたら、嬉しい知らせだった。

「いまからここに来るって」

「えっ？　上がりこむんすか？」

失礼なことに水貝は迷惑そうな顔になる。

「いや、ちがう。近くを通りかかったから、俺を拾ってマンションまで送ってくれるって」

ということは、月伸会の車で来るのだろう。この事務所から猛の自宅まで、車でわずか五分の距離だ。でも送ってくれるだけでもいい。里見に会えるのなら。もしかしたら、こっそり手を繋《つな》ぐくらいのことはできるかもしれない。

猛はいそいそと帰りじたくをはじめた。

それから十分ほどで月伸会のベンツが到着した。熊坂組が所有しているベンツとはランクが違う、最高級の車だ。しかも特別仕様らしい。どこがどう特別なのかは知らない猛だ。

助手席からダークスーツの若い男が下りてきた。里見の舎弟頭の腰野《こしの》という男だ。年はたぶん二十代半ば、中肉中背で眼鏡をかけている以外は目立った特徴はない男だが、やはりどことなく目つきが鋭く、カタギには見えない。里見は腰野を信頼していて、猛のマンションへの送迎のときはおもにこの男がガード役を任されていた。武道の達人と聞いた。

運転席には、高洲《たかす》という男が座っているはずだ。里見ほどではないが身長百八十五センチと大柄な男で、がっしりとした体格をしている。一見、腰野より高洲の方がガード役に適していそうなのだが、腕っぷしには自信がなく運転の方が自分にあっていると、本人が望んで運転係になっているらしい。

下りてきた腰野が後部座席のドアを開けてくれた。

見送りに出てきてくれた熊坂組の組員たちに笑顔で手を振り、猛はベンツに乗りこんだ。

「里見」

ライトグレーのスーツをぴしりと着こなした里見が、悠然とそこに座っていた。外国の血が入っているせいで色素が薄い里見は、そのスーツの色もあいまって、暗い車内でも燐光を放つように輝いて見える。猛はつい見惚れてしまい、うっとりと目を蕩《とろ》けさせた。カッコいい。なんてカッコいいんだろう。

ぼうっとしているうちに車が動き出した。

「猛……」

指先だけで「こっちに来い」と猛を呼ぶ里見に、シートの上を滑るようにして近づき、そっと足と足を触れ合わせた。布越しでも、それだけで、じんと痺《しび》れるような快感が湧いてくる。

「おまえ、なんて顔をするんだ」

苦々しげに里見が呟くが、猛は自分がどう反応しているかなんてわからない。ただ、里見に会えて嬉しいだけだ。

「あの、今日も、忙しかった？」

なにか喋らなければと、猛はどうでもいいことを口にした。黙っていたら気持ちが高ぶってきて里見に抱きついてしまいそうだった。

「まあまあだな。おまえは？」

「俺も、まあまあ…と言いたいところだけど、暇だった」

てへ、と笑ったつぎの瞬間、猛は攫《さら》うようにして里見に抱きしめられていた。

「あっ、んっ」

唇を奪われて目を白黒させていたのは最初だけで、すぐに陶然と舌を絡ませ合う。腰野と高洲がいることがちらりと頭をかすめたが、里見が全幅の信頼を置いている人間だから大丈夫、いまは気にしないでおこうと、意識の外に追いやる。里見のがっしりとした肩にすがりつき、ほとんど膝に乗り上げるような体勢になって、懸命に里見の口腔《こうこう》を味わった。

ほんの五分でもいい。こうして里見を感じることができるのなら。

「んんっ」

ぬるぬると舌を絡め、上顎をくすぐりあう。体が高ぶって敏感になってしまい、服が擦れただけで皮膚がぴりぴりするほどだ。乳首が尖《とが》りきってワイシャツの生地に擦れている。里見に抱かれるようになるまで、乳首が性感帯のひとつだなんて知らなかった猛だ。弄ってほしくてたまらなくなり、猛はむずかるように肩を揺らした。

「猛、ここまでだ」

無慈悲な言葉とともに里見が唇を解《ほど》いてしまう。ほんの五分でもいいと思っていたはずなのに、まだ足らなくて、恨めしげに里見を見つめる。猛は頬を上気させ、隠しようがないほどに股間に熱を孕《はら》ませ、乳首と後ろを疼《うず》かせていた。昨夜、もうなにも出ないと泣きだすまで弄ってもらったのに、もう里見の愛撫を欲しがっている。

「だから、そういう目をするな」

困ったような口調で視線を逸らした里見だが、隠しようがないほどに瞳の奥を燃やしているのを見てしまった。自分とおなじように欲しがってくれているなら、嬉しい。

大好き。里見以外、なにも欲しくない。

「………猛、明日は、時間を作る」

「うん………」

つまり、今夜はやっぱりダメだと。

「いい子にして、待っていろ」

「………うん」

いつもなら子供扱いするなと言い返すところだが、いまはそんな余裕がなかった。猛は切ない想いごと里見にしがみつく。厚い胸板が好き。男っぽい体臭も好き。なにもかも、好き。

胸に顔を埋《うず》めて、しばらくじっとしていた。やがて熱くなっていた下腹部が落ち着いてくる。明日の夜まで、里見が言うとおりにいい子にして待っていよう。

車が静かに停車した。スモークが貼られた窓の向こうには、猛のマンションのエントランスが見えている。里見の左手首のダイヤがキラキラして眩しいロレックスで時間を見ると、事務所を出てからいつのまにか三十分はたっていた。きっと高洲が気をきかせて、周辺をぐるぐると回ってくれていたのだろう。

猛は名残惜しさを隠すことができない態度で、ベンツを下りた。そのまま見送りたくてエントランスに立っていると、窓がするすると下りて里見が顔を出す。

「猛、早く中に入れ」

組事務所から乗せてきた手前、里見は猛が帰宅したのを見届けるつもりなのだろう。猛は頷いて、背中を向けた。エントランスの自動ドアをくぐったと同時に、背後でベンツが発車したのがわかる。

ちらりと振り返ると、ベンツのテールランプが夜道を走り去っていくのが見えた。住宅街なのにスピードを出している。このあと用事があるのは本当のようだ。

猛はひとつ息をついて、ベンツが消え去ったあとの夜道をぼんやりと眺めた。このまま一人の部屋に戻るのが億劫に感じる。五年も一人暮らしをしてきて、寂しいと思ったことはあるけれど、これほどの寂寥感《せきりょうかん》を抱いたことはなかった。

里見のせいだ。あんなキスをするから、ずっと好きだった里見が猛を甘やかして恋愛を教えてくれたから、こんな気持ちになっているのだ。

「……ちょっと、散歩するかな……」

猛はスーツのポケットの中に携帯電話があるのを確認し、エレベーターへ向かわずに入ってきたばかりの自動ドアから外に出た。一人で出歩くことがほぼないので、いつも現金はあまり持ち歩いていないが、携帯電話さえあればコンビニエンスストアで買い物はできる。面倒臭がりの猛はまだスマートフォンに買い替えていない。

マンションから徒歩十分くらいの交差点にあるコンビニまで、散歩がてら行こうかなと、ぶらぶら歩き出した。熊坂組の組長ではあるが、深刻な問題は抱えていないし、猛自身は一目でヤクザとわかる風体ではない。組員は一人歩きを警戒するけれど、猛は過保護だと笑っていた。

コンビニまでの道の途中に、わりと大きな公園がある。昼間は親子連れや老人でにぎわうが、午後九時過ぎとなれば、人気《ひとけ》はない。街灯が暗い木々を照らすだけだ。

夏の終わり、残暑も落ち着いてきた季節。そぞろ歩くにはちょうどいい夜だった。

秋の気配を含んだ夜風に吹かれながら、猛はのんびりと歩いた。

月伸会の若頭として二次団体の会合に出席した里見は、強面《こわもて》の壮年の男たちに囲まれて、内心うんざりしていた。

本来なら、この場には会長の清孝が座っているはずなのだ。だが面倒臭がりの清孝は、ときどきこうして里見に役目を押しつける。代理出席を頼まれたのは昨日だった。猛と会う予定の夜だったら、逆らってはいけない清孝相手とはいえ、出席を渋っただろう。だが里見は、翌日の夜ならと引き受けた——が、ほんの二時間前に見た猛の切なそうな顔が頭から離れない。

たった五分でも会いたいと思って車を向かわせたのは間違いだった。むしろ飢餓感が募ってしまった。十六年も恋い焦がれた猛と会って、数分で気が済むわけがない。

どうして猛はあんなにかわいいのだろうか。里見の腕の中にすっぽりとおさまってしまう体格といい、両手で包めるほどの小さな頭といい、凌辱《りょうじょく》してくれと言わんばかりの可憐な唇といい、好きで好きでたまらないんだけどと訴えてくる黒い瞳といい……思い出しただけで勃起しそうだ。

「月伸会の、手が止まっているじゃないか。ほれ、飲め」

いい加減アルコールが回って赤ら顔になっている男が、ビール瓶を片手に寄ってくる。男は月伸会と規模が同程度の団体の組長だが、羽振りがいいのは断然月伸会の方だ。しかも月伸会の経済面を回しているのはこの里見という若造だった。いろいろと気に入らないらしく、会うたびにちくちくと嫌味を言ってくる。嫌味くらいでおさまっているならと、里見はいつも適当に聞き流しているが。

「ありがとうございます」

里見は若輩者らしく丁寧に礼を言い、グラスを一気に呷《あお》った。もうかなりの酒量をこなしているが、顔色は変わっていなかった。

「あいかわらず強ぇなぁ」

面白くなさそうに呟かれても、これは体質なのでしかたがない。

里見の母親はロシア人だ。極寒の地に生きる民族の血が半分流れているせいかどうかわからないが、里見は酒にめっぽう強い。ほとんどザルだ。ビールなんて水とおなじとしか思えない。どれほど飲ませても酔わない里見の体質を知られているせいで、こうした会合では面白がって飲まされる。清孝はそうなることがわかっていて代理で出席させるのだ。羽振りがいい月伸会が槍玉にあがらないようにという、なかば人身御供《ひとみごくう》のようなものだった。

「会長は風邪だとか聞いたが、本当にただの風邪なのか？」

こそっと聞かれて、里見は冷静に「ただの風邪です」と答えた。本当は仮病でぴんぴんしているが。

「あの頑健そうな男が風邪とはね。季節の変わり目だからか？」

「でしょうね」

「それとも、もっと重い病じゃないのか？」

聞き出したいのはそこかと、里見は合点がいった。月伸会を回しているのは里見だが、構成員の結束の固さは清孝のカリスマ性があってこそだ。

清孝が熊坂組の組長から月伸会の会長になるとき、かなり揉めた。清孝は実力でいまの座を勝ち取ったわけだが、組織が落ち着くまでに数年かかっている。いま清孝を失ったら、跡目争いが起こるのは間違いない。ナンバーツーの里見は若すぎる。漁夫の利を狙う輩《やから》は多いのだ。

「風邪ですよ。いや、花粉症かもしれないですね。すごい鼻水を垂らしていましたから」

「スギ花粉は春だろ」

「真冬以外、ほとんど一年中、なんらかの花粉は飛んでいるらしいです。いまならブタクサかな」

「ブタクサ？　聞いたことがあるな」

男が首を捻《ひね》っている横で、里見はスーツの内ポケットで震える携帯電話に気づいた。男に「失礼」と断ってから取り出し、水貝という名前が表示されているのを見て怪訝《けげん》に思う。

時刻は午後十一時を過ぎたところだ。以前はこの時間に定時連絡をもらい、猛の様子を報告させていたが、恋人になってからは猛と会わなかった日だけ電話をかけてくることになっている。ついさっき組事務所まで迎えに行き、猛に会っていることは水貝もわかっているはずだった。

なにか緊急事態かと、里見はいやな予感がした。周囲の男たちに中座することを詫びながら、宴会場を出た。廊下で話していて、もし都合が悪い言葉をだれかに聞かれてもまずい。里見は非常階段を探して外に出た。スチール製のドアをしっかり閉めて、剝き出しの階段で通話をオンにする。

『若頭、大変っす』

挨拶ぬきなのはいつものことだが、水貝の声はかなり焦っていた。里見は一気に緊張感をみなぎらせる。ほんの二時間前にマンションまで送っていった猛に、なにかあったのだ。

「どうした、なにがあった？」

『大事な会合中だってのはわかってますが、いまから来られませんか』

「どこへ」

『ウチダ医院っす』

里見は息を呑んだ。ウチダ医院は熊坂組のシマにある古い個人病院で、口が固くて気のいい老医師がひとりで地元の病人やケガ人を診《み》ているところだ。警察に通報されたら困るときなど、熊坂組の組員は昔から世話になっている。

『組長が担ぎこまれました』

一瞬、目の前が真っ暗になった。あやうく手すりを乗り越えて落ちてしまいそうになり、里見はぐっと踏ん張る。

「どうして……なにがあったんだ………っ」

『若頭、落ち着いて聞いてください』

「早く言えっ」

握りしめた携帯電話がミシッと軋んだ。

『若頭と組長が事務所を出た後で、シマの商店街の方からちょっとした相談がありました。明日の朝イチで対応した方がいいってことで、組長に連絡を取ろうとしたんですが、携帯に出なくて、俺とアキラがマンションまで行ったんす。でも留守みたいで』

「俺はエントランスまで見届けたぞ」

『わかってます。そのあとで、一人で出かけたかもしれないと思って、近所のコンビニまで行ったんですけど、いなくて』

マンション近くのコンビニなら知っている。利用したことはないが、いつも通りかかっていた。

『コンビニまでの途中に、公園がありますよね。そこに、倒れていたんす。頭から血を流して』

里見は空いている方の手で顔を覆った。なんてことだ。なんてこと。

「……………生きて、いるんだな………？」

『それは大丈夫みたいですが、まだ検査の途中で』

里見は大きく深呼吸して落ち着こうとした。

「つまり、何者かに襲われたということか」

『その可能性が濃厚っすね。組長の意識が戻れば、そのへんの証言は取れると思いますけど』

「意識がないのか……っ」

『いまのところは。でも、じいさん先生は、ただの脳しんとうじゃないかって、言ってます』

検査の途中のくせに医師にしては軽口を叩くじゃないかと、里見は顔を知っているウチダ医院の老医師を怒鳴りつけたくなった。

「警察には？」

『通報していません』

賢明な判断だ。水貝たちが最初に猛を発見できたのは幸運だった。

極道者としては、痛くもない腹を探られるのは避けたい。熊坂組は違法なシノギで稼いでいるわけではないが、銃刀法違犯は確実に犯しているし、警察に下手に目をつけられたらなにもできなくなる。

「わかった。とりあえず、そっちに向かう」

『頼んます』

通話を切ると、里見は宴会場に戻ることなく廊下を突っ切った。大股で歩きながら駐車場で待機している高洲に電話する。

「すぐ出られるように車を回せ。緊急事態だ」

『わかりました』

高洲は無駄口を叩くことなく了解して通話を切る。『緊急事態』とだけ素早くメールを打って、腰野に送った。お付きの者たちが集められて食事をしている部屋から、腰野がそっと出てくる。

「なにがありました？」

「猛がウチダ医院に運びこまれたらしい。水貝から連絡があった」

腰野はそれだけで事態を察し、「すぐに行きますか」と聞いてきた。

「行く。こんなところでのんびり飲んでいられるか」

できれば猛の元へ空を飛んでいきたいくらいだった。だが里見に羽根はなく、特殊能力もない。車で向かうしかない。二人でエレベーターに飛び乗った。気を落ち着けようとしても焦燥が溢れてくる。

「くそっ」

冷静でなんかいられない。猛のことで、頭の中はいっぱいだった。


目が覚めたと同時に、猛は頭が痛いと感じた。鼓動にあわせてずきずきと頭部が鈍痛を発していて、すこしでも動こうとすると激痛が走り、うまく呼吸ができないくらいだ。

細く息を吐きながら、薄《うっす》らと目を開ける。白々とした蛍光灯がまず見えて、白い壁が視界いっぱいに広がった。

「あっ、気がついた」

聞き覚えのある男の声――水貝だ――とともに、視界につぎつぎと見知った顔が入ってきた。水貝、アキラ、山岸……そして、里見。まだ焦点がぼやけているうえに、みんな逆光で表情はよく見えない。だが里見が沈痛な面持ちをしているのはわかった。無意識のうちに手を伸ばしていたらしい。里見が素早く握ってくれた。

「猛、俺がわかるか？」

「里…見」

自分でもびっくりするくらい力のない声しか出なかった。きちんと喋りたいのに、頭が痛くてどうにもならない。

「痛い……」

情けなくも弱音がこぼれてしまい、里見をますます悲しそうな顔にさせてしまった。

「おい、じいさん、組長が痛いって言ってんぞ。どうにかしろよ、コラッ」

アキラが背後を振りかえってわめいたら、白衣姿の老医師が現れた。年齢相応の皺が刻まれた顔には、苦笑が浮かんでいる。どうやら猛は馴染みのウチダ医院にいるらしい。おそらく病室のひとつに寝かされているのだろう。

「どうにもこうにも、頭を打っているんだから痛いのは当然だろう。痛み止めはさっきの点滴に入れたぞ。すぐに効いてくる」

宥《なだ》めるように内田《うちだ》は言い、組員の面々をかきわけてベッドサイドに近づいてきた。皺だらけの手で猛の目を覗きこんだり、口を開けさせて喉を見たりした。

「大丈夫そうだな」

「本当に大丈夫なのか？」

古参の組員である山岸《やまぎし》が、大きな図体に似合わない狼狽《ろうばい》を見せながら内田に詰め寄る。

「頭の打撲はでっかいたんこぶ程度だ。脳しんとうで倒れたんだろう。レントゲンには異常はなかった。脳波もな。ＭＲＩなんてもんはここにはないから、やりたかったらもっと大きな病院に行け」

「そんな言い方はないだろうっ。無責任だぞ」

喰ってかかる山岸に、内田はやんわりと返した。

「坊ちゃんのケガはたいしたことないって言っとるんだ。しばらく寝ていれば治るだろうよ」

わしは眠い、と言い残して、内田は病室から出て行ってしまった。山岸とアキラはぶちぶちと文句を垂れていたが、水貝が猛に向きなおると事情を訊ねてきた。

「組長、なにがあったか、覚えていますか」

「なに……って……」

猛はぼんやりする頭の中を整理しようとするが、なかなかうまくいかない。

「だれにやられたんですか」

「だれ……？」

「公園に倒れていた組長を見つけたのは俺とアキラです。だれに殴られました？」

殴られた？　自分が？

猛はそのときのことを思い出そうとしたが、なにも浮かんではこなかった。猛の様子からそれを察したのか、水貝の口調がやや柔らかなものに変わった。

「順を追って思い出してみましょうか。組長は若頭の車でマンションに帰ったあと、一人で出かけたんですね？」

「あ……うん。コンビニに行こうかと思って……」

車の中で里見とキスをして、一人で部屋に戻るのが嫌で、ちょっと時間を置くために夜道に出た。

「それで、コンビニには行きましたか」

「……行ってない……。そのまえに、公園で………」

「公園で？」

「……なんだったかな………」

公園の横を通りかかったとき、植込みがガサガサと揺れたような気がした。風ではなく、なにかの気配がして——そうだ、猛は不審に思って道を逸れたのだ。そこで……。

「なにがあったんですか」

「………わからない。思い出せない………」

公園に足を踏み入れたあとのことが、黒い靄《もや》がかかったように混沌としていて思い出せない。どうしてだろうか。考えこむと頭痛が酷くなるような気がして、顔をしかめた。

水貝と里見は視線を合わせて、ベッドから離れる。

「おまえが猛を発見したとき、周辺にあやしい人影はなかったんだな？」

「あったら報告してますよ、若頭。あやしいどころか人影なんか……。なあ、アキラ」

「なかったっすね。あったら追っかけて、いまごろボコボコにしてますよ」

アキラは拳をつくって悔しそうに同意している。

「いま熊坂組は特にどこの組とも揉めていないですし、組長が襲われる心当たりはないっすね。もしかしたら、ただの強盗かもしれない」

水貝の呟きに、里見がちらりと猛を見下ろしてきた。

「財布でも盗られたか？」

「組長、現金を持ってましたか」

猛はちいさく首を横に振った。その動きだけでも頭に響いて、ううう、と呻いてしまう。

「組長は現金を持っていなかった。ケータイはポケットに入ったままだったんで、なにも盗られてない…ってことは、強盗じゃないのか」

水貝は難しい顔で考えこむ。しばし、それぞれが黙りこんで、病室は静かになった。薬がじわじわと聞いてきたのか、猛はまぶたが重くなってきていた。それにつれて頭痛がすこし緩和されたような気がする。

「とりあえず、俺たちは事務所に戻ろう。今後のことを話し合う必要がある。組長は二、三日入院ってことみたいだから、ここには若いモンを交替で詰めさせる。ミケを呼び出しますからね。組長はここで安静にしていてくださいよ」

最後は猛に向かって言い、水貝は携帯電話を片手に病室を出て行く。アキラと山岸もついていき、猛は里見と二人きりになった。

「猛……」

里見がそっと声をかけてきて、猛の頬に触れてきた。指先は冷たくて、かすかに震えているようだった。光の加減などではなく、里見の顔色が悪い。いま何時だろう。もしかして朝になっているのかもしれない。里見は寝ていないのかも、と気がついて、猛は申し訳ない気持ちになった。

「里見……、ごめん……」

「おまえが謝ることはない」

「でも……」

里見は両手で猛の顔を包むようにすると、ゆっくりと屈みこんできた。鼻先を触れ合せ、唇がそっと触れるだけのキスを落としてくる。

「……生きていてくれて、よかった………」

絞り出すような声に、猛は里見の方が死にそうだと心配になる。伸ばした手を、里見はまた握ってくれた。痛いほどに握られると、里見を感じられて安心できる。

「猛、だれにやられたのか水貝たちが調べるだろうが、俺も独自に探ってみる。おまえをこんな目にあわせたヤツを、どんな手を使ってでも捕まえてみせるからな。捕まえて、いっそ殺してくれと思うほどの制裁を加えてやる」

里見の青みがかった瞳が、ゆらっと燃え上がるように揺らめいた。里見が本気になった証《あかし》だ。

「………無理はしないでほしい………」

内田の診たてでは、たいしたケガではないようだ。これしきのことで里見が無茶をして、もし警察に捕まるようなことになったら、自由に会えなくなってしまう。それが一番辛い。そう訴えようとしたが、眠くて目がしょぼしょぼする。

「猛、眠いのか？　寝ていいぞ。薬が効いてきたんだろう」

「里見……」

握られた手を離さないでいると、多くを語らなくても通じたようだった。

「しばらく、こうしてここにいるから」

恋人の気配を感じながら、猛はふっと落ちるように眠りに入っていった。


猛が次に目覚めたとき、里見はもうそばにはいなかった。かわりに組員の三池が病室にいた。

「あ、組長っ」

ベッドサイドのパイプ椅子に座っていた三池は、あたふたと「じいさんを呼んできます」と言って内田を呼びに飛び出していった。すぐに一人で戻ってきて、備えつけのミニサイズの冷蔵庫から水のペットボトルを取り出してくれる。

「どうぞ」

三池は以前、昔の仲間とトラブルを起こして拉致監禁され暴行を受けたことがある。熊坂組が動いて助け出したが、そのとき運びこまれたのがこのウチダ医院だった。勝手知ったるなんとかで、ずいぶん病室内の要領がわかっているようだ。

「具合はどうですか？」

「ありがと。悪くないよ」

猛は上体を起こしてペットボトルを受け取ると、片手で頭部を触ってみた。大袈裟《おおげさ》にも包帯でぐるぐる巻きにされているが、そんなに痛みはなかった。昨夜はあんなに痛かった頭が、一晩眠っただけで、ずいぶんと楽になっている。内田が診断したように、本当にたいしたケガではなかったのだろう。

「起きたか」

ドアが開いて白衣姿の内田が入ってきた。

「昨夜はお騒がせして申し訳ありませんでした」

「まあたしかに騒がしかったな。坊ちゃん自身じゃなく、組員たちが」

老医師はため息をつきつつ、猛の顔色を窺《うかが》っている。

「気分はどうだ？」

「とくに悪くありません。頭もそんなに痛みはないです」

「ひどいたんこぶだが、しばらくすれば治るだろうよ。もう退院してもいいぞ」

「ええっ？　いいんすか？」

驚いた声を上げたのは三池だ。

「しばらく入院って聞いていたんすけどっ？」

「ここはもともと入院設備なんてないんだ。おまえさんたちのためだけに、こうして病室は用意しているが、元気ならとっとと出ていってもらいたい。人手だって余っているわけじゃないんでね」

「それはそうっすけど、オレは何日も入院させてくれたじゃないっすか」

「おまえはもっと酷かっただろう。栄養状態も悪かったし、熱もあった。自分がどれだけ酷いケガをしていたのか、もう忘れたのか」

内田にからかうような口調で言われて、三池は「覚えてるよ！」と怒鳴っている。

内田の言葉に、猛は従うことにした。退院してもいいなら、自分の部屋にはやく帰りたい。二十八年生きてきて、猛は入院の経験がない。こんな、なにもない病室でなにをして時間を潰せばいいのかわからなかった。

「じゃあ、退院します」

「そうだな。もっと詳しく検査をしたいなら、でかい病院に行きなさい」

「いえ、大丈夫でしょう」

猛は笑ってベッドから下りた。三池がおろおろとしながらも、用意していたらしい着替えを差し出してきた。新品のスウェットの上下だ。

猛はベッドから出て、ワイシャツと下着だけという格好で寝かされていたことに気づいた。内股に赤い斑点がついているのが見えて、猛はぎょっとした。里見につけられた痕《あと》がまだ消えずに残っている。三池が気づかなければいいと願いながら、そそくさとスウェットを穿《は》いた。しわくちゃになったワイシャツも脱ごうとして、ボタンを外す手をとめる。上半身も脱いだらヤバいかもしれない。乳首のまわりとか、脇腹とか、内股とおなじように痕がついている恐れがあった。だがここで二人に退室を促すのも変だ。女の子じゃあるまいし。

しかたなく、猛はワイシャツの上にスウェットを着た。自宅に戻ったら着替えればいい。

「先生、お世話になりました」

「うん、またな」

内田に見送られて、猛は組のベンツを三池に運転させてマンションに帰った。三池は水貝と連絡をとり、命じられるままにマンションの中までついてきた。猛としては里見以外の男を部屋に入れたくないのだが、いまばかりは断りきれない。

「わー、組長って意外ときれい好きなんすねー」

ほどほどに片付いている部屋を、三池は目を輝かせて眺めている。

「わー、新聞取ってんすかー。すごいなー。あ、マグカップが二つ。お揃いっすね。これって、一つは若頭のですか」

ほとんどアイドルの私生活を垣間見ているファンのようだ。この調子でそばにいられたら鬱陶《うっとう》しいことこのうえない。

「俺の部屋なんてゴミ溜めみたいっすよー。こう、ケモノ道みたいに歩くところがあってー」

「ゆっくり休みたいから、もう帰っていいぞ」

「えっ、ダメっすよ。水貝さんに、組長に張り付いているようにって厳命されているんで」

「おまえ、うるさい」

組事務所でわいわいと騒がれても気にならないが、自分の部屋に組員がいるのはどうにも落ち着かなかった。いままで自覚していなかったが、プライベートには里見しか入る隙はないのかもしれない。

うるさいと言われて、三池はショックを受けたようだ。泣きそうになっている。

「で、でも、組長を襲った犯人が、まだ見つかってないっす……。危ないから……」

「ここから出なきゃいいだろ。まさかマンションの中まで襲撃には来ないって」

そもそも本当に自分は襲われたのだろうか。記憶がすっぽ抜けているのではっきりとは言えないが、身の危険はまったく感じられない。ふたたび襲われる可能性はないように思うのだ。

学生みたいな容姿をしている猛だが、代々受け継がれてきた極道の血は伊達ではない。生死にかかわる勘は働くことが多く、そのおかげでいままでたいしたケガはしてこなかったようなものだ。警察に鼻が効くのも自慢だ。

「本当にここから出ませんか？　コンビニに一人で行かない？」

「二度と一人で夜道は歩かないよ」

猛が約束すると、三池は渋々ながらも部屋から出て行った。

猛は一人になれてリビングのソファに落ち着くと、携帯電話で里見にメールを送った。『退院したよ。元気だから心配しないで』とだけ送信する。すると、一分もたたないうちに電話がかかってきた。

里見からだ。

「もしもし？」

『退院した？　どうして、いったいなにがあったんだっ』

喜んでくれるのかなと思っていたのに、里見は怒っているような口調で聞いてくる。

「なにもないよ。もう頭の痛みはたいしたことがないし、先生が帰ってもいいって言ってくれたから」

『マジか………』

茫然としている感じが伝わってきて、猛は首を傾げた。里見は猛がもっと重傷の方がよかったのだろうか。恋人のくせに、退院を喜んでくれないなんて。昨夜はずいぶん心配してくれている様子だったのに。

「なんだよ、たいしたケガじゃなくて悪かったな」

拗《す》ねたような言い方になってしまった。すると里見らしからぬ殊勝な声が返ってくる。

『いや、そういうわけじゃない、ただびっくりしただけだ。おまえが勝手に病院を抜け出したのかと』

「そんなことはしないよ」

勝手に抜け出すってなんだよ。子供じゃないんだから。

一人で部屋にいるのかと訊ねられて、猛はそうだと答えた。

「一人で出歩かないから大丈夫。食料の備蓄もあるし」

『仕事が終わり次第、そっちに行く。本当にもう大丈夫なのか、顔を見ないと信じられん』

信じられないと断言されたことよりも、来てくれることの方がサプライズ的に嬉しくて、猛は声を弾ませた。

「来てくれるんだ？　嬉しい。待ってるから」

『うっ……そうか』

「早く来てくれよ」

なにやら言葉に詰まっている様子の里見との通話を早々に切り、猛はうきうきしながら着替えのために寝室に入った。


「退院した？　そうか……」

猛の退院を報告すると、清孝は父親らしい一面を垣間見せて、わずかにホッと肩を落とした。

月伸会本部ビルにある会長の部屋は、洗練されたデザインの広い部屋だ。一流のインテリアデザイナーに依頼して清孝に合う色目のカーペットとデスクを用意させた。オーダーメイドのスーツを着た清孝は、まさに王者の貫禄で座っている。

「内田先生が診てそう判断したのなら、おそらく大丈夫だろう」

「はい、たぶん」

里見はデスクを挟んで立ち、これまでの調査結果を報告した。

「現在、熊坂組と目立った対立関係にある団体はありませんが、個人的に恨みをかっている可能性はあります。熊坂組は水貝を中心にして調べているようですが、まだ報告は上がってきていません」

諜報《ちょうほう》活動をやらせたらすご腕の水貝だが、心当たりがないと言っていたし、まだ一日しかたっていないので里見に持ってこられるだけの情報は集まっていないのだろう。里見の方も同様に、猛を襲撃した犯人の影も形も摑めていなかった。

「引き続き調べています」

「そうか」

清孝はちいさく頷いただけだ。月伸会の会長としては、息子とはいえ下部組織の一つでしかない熊坂組の組長風情に、そう気持ちを傾けるわけにはいかないのだろう。

それに一晩で退院したのならたいしたケガではないと判断したにちがいない。里見とて、話だけを聞いていたらそう思っただろう。

だが昨夜、病室のベッドで頭が痛いと辛そうに呻いていた猛の姿を見てしまった。かわいそうでたまらなかった。猛はいままで寝込むほどの病気もケガもしてこなかったから、里見はあんなに弱々しい様子を目にしたのははじめてだったのだ。衝撃だった。そして、猛をこんな目にあわせた奴を、絶対に許さないと思った。

見つけ出してやる。どれだけ時間と金がかかっても見つけ出して、猛が受けた痛みの百倍……いや、千倍返しをしてやるつもりだ。その結果、相手が死んでしまおうと構わない。それだけの罪を犯したのだ。

明言しなくとも里見が復讐にめらめらと燃えているのは、清孝からは一目瞭然だったのかもしれない。厳しい表情で立ち尽くす里見を、ため息をつきながら眺めている。

「眞木……ほどほどにな」

なにに対して釘を刺されているかわからない里見ではなかったが、こればかりは清孝の言葉でも頷けない。意味がわからないふりをして、流してしまった。もしこの男が暴走したら自分がしゃしゃり出て止めるしかないかと、清孝が秘かに決意していたことなど、里見は知らない。

日曜日でもないのに一日中のんびりしていると、意外とつまらないものだなと、猛はだらりとソファに横になりながら面白くもないテレビを眺めていた。

里見が来るまでに部屋の掃除でもしようかと思い、さっきまで掃除機をかけていたのだが、さすがに頭痛がしてきたのでやめた。退院したからといって、頭のたんこぶが治ったわけではないのだ。

「里見ぃ、早く来いよぉ」

だれも聞いていないから甘えた声を出してみる。時計を見ると、まだ午後八時だ。シマに商店街しかない熊坂組とちがい、月伸会は繁華街を抱えている。下っ端の組員は昼夜逆転の生活を強いられると聞いた。父の清孝と里見は特に用事でもないかぎりわりと早く帰宅するが。

里見が猛の部屋に来るときは、だいたい十時頃だ。遅いときは十二時になる。いつもは猛も九時頃まで組事務所にいるので待つ時間はそんなに長くない。こうして昼間からずーっと待っているのは、なかなかに苦痛だった。

待ちくたびれて眠くなってきたとき、インターホンが鳴った。だれだろう、水貝かだれかが様子を見に来たのかなと思ったら、モニターに映っていたのは里見だった。

『おい、開けろ』

「あ、うん、いま開ける」

おたおたしながらロックを解除し、猛は慌てて玄関へ走った。こんなに早い時間に来てくれるなんて、嬉しい。すごく嬉しい。

「里見ぃ、いらっしゃーい」

両手を広げて笑顔で歓待したら、里見が怪訝な目で見おろしてきた。

「…………元気だな……やけに」

「あ、うん。もう大丈夫。まだちょっと頭は痛いけど、平気だよ」

「平気なわけがあるか。昨夜、おまえはしばらく意識を失うほどに頭を強く殴られたんだぞ」

「うわぁ」

ひょいと里見に抱っこされて、猛は悲鳴を上げた。慌てて里見の首に腕を回してしがみつく。そのままリビングのソファまで運ばれて、そっと下ろされた。

「安静にしていろ」

「でも、もうそんなに痛くないし……コーヒーくらい淹れるよ」

「いいから座っていろ。立つな」

里見にびしっと指をさされて命令され、猛は動けなくなる。なかば茫然としながら里見がカウンターを回りこんでキッチンに入っていくのを目で追った。自分でコーヒーを淹れようとしているのか、ヤカンを火にかけている。いつもこの部屋に来ると、王様のように偉そうな態度で座ったまま縦のものを横にもしないぞという亭主関白ぶりを発揮するのに。

「自分でやるのか？」

「このくらいできる。いつもはやらないだけだ」

威張ることかと思ったが、猛は黙って里見の後ろ姿を眺めた。一応、心配して来てくれたのだ。下手なことを言って不機嫌にしたくはない。

「おまえ、晩飯は？」

「適当に食べた。里見は？　まだだったら、なにか用意するよ」

立ち上がろうとしたら、またもや「立つな」と止められる。

「買って来させるからいい」

「でも、そんなことしなくても」

里見はさっさと携帯電話を取り出して、どこかへ電話をかけた。たぶん舎弟の一人だろう。腰野か高洲かもしれない。いまから買って来させるのならコンビニ弁当になる。この近所には気のきいた料理屋はない。里見にそんなものを食べさせるのは気が引けると思うと同時に、舎弟をすぐ近くで待機させていることに嫌な感じになった。

この三カ月、里見は泊まるとき、いつも舎弟はすべて一旦帰していたはず。翌朝に、迎えの車が来ていた。外に待たせているということは、泊まらずに帰ってしまうつもりなのか。

コーヒーを二人分淹れてリビングに戻ってきた里見は、テーブルにマグカップを置くと猛の横に腰を下ろした。

「なあ、今日は泊まっていかないのか？」

「……どうして、そう思うんだ」

「だって、舎弟をすぐ近くに待たせているんだろ。帰っちゃうの？」

スーツの袖をツンツンとちょっとだけ引っ張って、上目遣いで聞いた。拗ねているような口調になっている自覚はあったが、だからといって笑顔になれる心境ではない。

一人になるのは嫌だ。心細い。さっきまではそんなこと感じなかったのに。里見が来てくれて舞い上がったから、その反動かもしれない。

「おまえ……」

里見は呆れたようなため息をつき、ソファにぐったりと凭《もた》れた。そんなに脱力してしまうほど変なことを言っただろうか。

「里見？　ごめん、怒らないでくれよ」

「……別に怒っちゃいない……」

「じゃあ、こっちを向けよ」

里見は猛から顔を背けて、まるで拒絶するように後頭部を見せている。顔色を読みたくて振り向かせようとするが、里見は頑なに猛を見てくれない。

「里見?」

猛が甘えた態度をとったので照れているだけかと思ったが、どうやらそうではないようだ。目を合わせたくないほど機嫌を損ねたのかと、猛は悲しくなった。だが自分のどこがどう気に障ったのかわからない。

「里見ぃ、ごめんってば。あの、帰ってもいいから。俺……引きとめないよ。忙しいのに、わざわざ来てくれただけでもありがたいと思っているから」

「だから、別に怒ったわけじゃない」

「でもこっち向かないじゃないか」

泣きそうになった猛を、里見がしかたがないといった感じで振り返った。半泣きの猛を見て、憂鬱そうなため息をつく。その態度に傷ついた。

「なんだよ、お、俺のこと、もう嫌いになったのかよ。夜道で襲われるような軟弱者は、もうダメとか、思ってんのかよ」

「なんだその発想は。どうしてそうなる」

里見は呆れた顔をした。でもそんな顔もカッコいいから始末に負えない。

「……じゃあ、嫌いになってない?」

「おまえが天然でぼやっとしているのは昔からだ。いまさらこんなことで嫌いにはならない」

「天然でぼやっと？　里見、俺のことそんなふうに思ってたわけ？　ひでぇよっ」

「うるさい。きゃんきゃんわめくな。ほら」

いきなり里見に抱きしめられた。たくましい胸に顔を埋めるように固い腕で拘束されて、猛は思わず黙る。さらに背中をよしよしと撫でられて、心地良さに怒りを忘れた。撫でる手つきが、まるで機嫌が悪くなったペットの犬でも宥めるかのようだったが、そんなことは構わない。

「……里見ぃ……」

ワイシャツ一枚の胸に、猛はぐいぐいと顔を擦りつけた。大好きな男のぬくもりと体臭を堪能するために、ボタンを外そうとする。だが猛の手を、里見は止めた。

「脱がすな」

「ちょっとだけだよ、いいだろ」

「やめろ」

「里見？」

本気で制止しているらしいと、猛は顔を上げた。里見は眉間に皺を寄せて、ひどく厳しい表情になっていた。つられたように猛も唇をぐっと引き結ぶ。

「やっぱり俺のこと嫌いになったのかよ」

「ちがう」

「じゃあなに」

「おまえ、自分がケガをしていると、わかっているのか」

「へっ？」

「動くな。いま動くと大変なことになるぞ」

「えっ？　なにが？」

「暴れん坊が牙を剝く」

アバレンボウ？　とっさに漢字を当てはめることができなかった。暴れん坊のことか。将軍？

里見が猛を抱きしめたままじっとしているので、猛もしかたなくじっとしていた。意味はわからないが、抱っこされているのは気持ちがいいので、里見のぬくもりを満喫した。

そうしているうちに、インターホンが鳴った。

里見はゆっくりと猛を手放し、玄関へと立っていった。舎弟が弁当を届けに来たのだろう。二言、三言のやりとりのあと、里見はコンビニの袋を手に戻ってきた。

「だれ？」

「高洲だ」

やっぱり自分の部屋で里見にコンビニ弁当を食べさせるなんて、猛にとっては面白くない。でも頭のケガを思いやって動くなと言ってくれているのはわかるので、いまは里見の言うとおりにしておこう。

「猛……」

「うん？」

がさがさと弁当を出して広げている里見を、猛は冷めてしまったコーヒーを飲みながら見ていた。

「風呂に入っていいかどうか、内田先生には聞いたのか？」

「聞いてない」

「大事をとって、入るのはやめておけ。あとで俺が体を拭《ふ》いてやる」

「ええっ？」

思わずコーヒーを吹いてしまうところだった。里見が猛の体を拭く？　いったいなんの冗談だ？

だが冗談でない証拠に、里見は広げた弁当を黙々と食べはじめる。ふざけた雰囲気は皆無だ。

「一晩くらい風呂に入らなくてもいいよ」

「昨日の晩を入れたら二晩だろう。真冬ならまだしも、まだ秋口じゃないか」

「俺、臭い？」

「まだ臭くないが、一緒に寝る俺のことも考えろ」

「泊まってくの？」

「おまえが泣いて帰らないでくれと頼むからな」

「頼んでないし、泣いてないっ」

「いや、泣いた」

「泣いてない！」

里見はしれっと弁当の柴漬けを口に入れる。外国人の母親に似た里見だが、妙に柴漬けが似合っているように見えるのはなぜだろう。

「えっと、じゃあ……泊まっていくんだな？　やっぱり体を拭くだけじゃなくて、風呂に入った方がいいよな」

「だから拭いてやるから、今晩は……」

「でも後ろもきれいにしないとダメだろ？」

里見の箸がぴたりと止まった。はぁ……と、盛大なため息をついた里見を、猛は首を傾げながら見る。

「あのなぁ、俺がさっき、どれだけの精神力でもって暴れん坊を抑えつけたと思ってんだよ。後ろはきれいにする必要はない。セックスなんてしないからなっ」

「……しないの？　泊まっていくのに？」

恋人になってから、泊まっていく夜にセックスしなかったときなんてない。いつもたくさん愛してくれていたのに、やっぱり……。

「おいっ、なんだその顔は。あからさまに不満そうな顔をするな。おまえはケガ人だろ。セックスなんか激しい運動と一緒だろうが。安静にしなくちゃならないってのに、なに言ってんだ、このバカ！」

「……そうか、そういうこと」

なんだ、嫌われたわけじゃないんだと、猛はホッとした。

里見は自棄《やけ》になったように弁当をがつがつと行儀悪く食べ、ペットボトルのお茶を一気飲みして、苦行僧のような表情になっていた。


「うわぁ、どうしたんすか、その顔。美貌《びぼう》が台無しっすよ」

里見の顔を見るなり、水貝が失礼なことをわめいた。出てくる前に洗面台の鏡を見て、目の下にクマができているうえにちょっと顔色が悪いなと思ったが、傍《はた》から見てはっきりわかるほどにいつもと違う顔になっているようだ。

「俺の顔なんかどうでもいい。さっさと報告しろ」

里見はぴりっと額に青筋をたてて、水貝を熊坂組の組長の部屋に引っ張りこんだ。猛のマンションから直接月伸会本部に出勤する途中だった。

猛が襲われてから三日が過ぎていた。里見と水貝はそれぞれが独自に調べを進めている。情報交換するために立ち寄ったのだ。

「わざわざ来てもらったのに申し訳ないですが、目新しい情報はないっすね」

「そうか。こっちもだ」

里見はため息をつきつつ考えこむ。猛が何者に襲われたのか、さっぱりわからないままだった。人通りがなくて目撃者がいないことと、猛がそのときのことを思い出せないせいだ。すっぽりと記憶が抜けてしまっているなんて、ありえるだろうかと、疑ったことがある。もしかしてだれかを庇って知らないふりをしているのかもと。

だが里見と水貝たちが必死になって犯人を探していることを知っている猛が、いつまでも嘘をつき続けられるわけがない。良心の呵責《かしゃく》に耐えきれずに、みずから白状するのが落ちだ。それがないということは、本当に思い出せないのだろう。

「ケガ自体がたいしたことなくてよかったったっすけどね……。このまま犯人が見つからないってことになるのだけは、避けたいなぁ」

水貝がボヤくのに、里見は同意した。

「猛を殴ったヤツがどこかにいるはずだ。のさばらせておくわけにはいかない。どれだけ時間がかかっても、絶対に見つけ出してやる。とりあえず、引き続き調べてくれ。ささいなことでもいい、気づいたことがあったら知らせろ」

「わかってます」

「情報を独占するのはナシだぞ」

「月伸会相手に、そんな恐ろしいことできませんって」

水貝は見かけがチャラくて里見を上部団体の幹部として敬っていないが、猛への忠誠心だけは信用できる男だ。あとで里見と猛が揉めるようなネタになりそうな、約束を違《たが》えるような真似はしないだろう。

「組長はいつから復帰できますか。もうずいぶん元気なんでしょ？　俺は電話で話をしただけっすけど、明るい声でしたよ」

「あぁまぁ、元気だが、まだ頭は痛いようだ」

里見はまだ猛を復帰させるつもりはなかった。犯人が見つかっていない以上、マンションから出すのは危険だと思っている。だが猛は閉じこもっているのに飽きてきたらしく、外へ出たがってうるさい。ずっと里見が泊まりこんでいるのにセックスしていないから欲求不満になっているせいもあるだろう。かく言う里見も、そうとう溜まってきている。

「若頭、ずっと組長のとこにいるんすよね。退院した夜からずっと」

「ああ。また一人でふらふらして襲われたらコトだろ。だれかが見張っていないと」

「ふーん……」

水貝はニヤニヤといやらしい笑みを浮かべて里見を眺めている。気持ちのいい視線ではない。

「なんだ？」

「辛そうっすね。組長がケガ人だからってセックスしてないんでしょ」

図星だったが、それで顔色を変えるほど里見は初心《うぶ》ではない。しかも相手は水貝だ。弱みを見せてたまるかという意地もある。

「目の下のクマ、すごいっすね。かわいい組長をどうにかしてやりたくてしかたがないのに毎晩我慢しなくちゃならなくて、もう限界って感じっすか」

「じゃあ、調べを進めてくれ」

里見は質問に答えなければならない義務も義理もない。すぱっと目の前でぶった切って、組長の部屋を出た。かわいくねぇなぁ、と呟きが聞こえた気がしたが、水貝にかわいいと思われたいなんて微塵も考えたことがなかったので無視した。

外で待たせていたベンツに乗りこみ、月伸会本部へと向かう。ひとつ息をついて、後部座席で里見は体を沈めた。最高級の本革シートは、大柄な里見の体を難なく受けとめてくれる。運転席の高洲に声をかけた。

「着くまで寝る」

「わかりました」

里見は目を閉じて、連日の睡眠不足を補うために居眠り体勢に入った。

水貝が指摘したとおりだ。

猛を抱きたい。セックスしたい。猛の体中をべろべろと舐め回してよがらせて喘がせて泣かせて、後ろの穴にイチモツをぶちこんでがんがん突いて、奥の奥に思い切り精液をぶちまけたい。ひとつベッドで寝ているのにそれができなくて、里見は眠れていなかった。

イライラは最高潮に達していた。

一人でリビングのソファで寝ようとすると、猛が嫌がる。あの甘えん坊は、里見と一緒に寝たいとダダをこねるのだ。我慢の限界がきそうでまずいから離れたいのに、あのバカはそれがわかっちゃいない。

こっちがどれだけ理性を総動員して性欲を抑えていると思っているのか。愛されていることを、猛は本当にわかっているのか。あのかわいい頭の中は、もしかして空っぽか？

かといって、やはり一人にはしておけない。猛を放って熊坂家に戻る気にはなれなかった。戻ったとしても、猛が心配で結局は眠れないだろう。またふらふらと夜道をひとりで歩いたりはしないだろうか、犯人が、今度こそ猛に致命傷を与えようと待ち伏せてはいないか。そんなことばかりをぐるぐると考えてしまうに決まっている。

猛がウチダ医院に運び込まれたと電話で聞いたときの衝撃は、筆舌に尽くしがたい。あんなショックは、もう二度と味わいたくない。犯人がわかるまで、捕まるまでは、猛にはじっとしていてもらいたいのだ。

とにかく犯人を捕まえる。猛を襲った罪と、月伸会若頭にこれほどの禁欲の苦痛を味わわせたことへの報復をしなければならない。見ていろよ――。

里見はつかの間の安眠に沈みこんだ。


「つーまらーん……」

猛はソファの上でぐっと伸びをして、ため息をついた。リビングのテーブルの上にはＤＶＤのパッケージが散乱している。暇だろうからと里見が何十枚も持ってきてくれたものだが、もう飽きた。ゲームにも飽きた。

「もう安静にしていなくてもいいって言われたんだけどなぁ」

頭に巻かれていた包帯はもうない。今日の午前中に、猛はウチダ医院で診察してもらってきた。もちろん組員の送迎付きだ。老医師は頭のたんこぶを診て、「頑丈な頭蓋骨に生まれたことを感謝しなさい」と笑った。もう頭痛もないし、たんこぶもおさまりつつあるということで、包帯から解放された。ずっと頭を締めつけていた包帯がなくなって、すごく楽になった感じがする。

マンションに戻ってすぐ、猛は里見に電話で包帯が取れたことを伝えた。ホッとしたような声で『よかったな』と言ってくれたが、あっさりと外出禁止を解いてはくれなかった。

『調子に乗ってふらふらと出歩くなよ。おまえを襲ったヤツはまだ見つかっていないんだ』

それはそうだが、では見つかるまで猛は外に出られないのか？　ずっと見つからなかったらどうするつもりだ。そう反論すると、里見は超イジワルを言った。

『そうか、おまえはまた襲われたいんだな。こんど襲われたらたんこぶじゃ済まないかもしれないってのに、やられるために外に出るのか。とんでもないMだな』

Mって、Mって……。酷い。

『そんなにめちゃくちゃにされたいなら、俺がそのうち全力でめちゃくちゃにしてやるから、待ってろよ』

いやらしい声で怖いことを言われて、猛はドキドキしてしまった。

　里見は有言実行だ。どんなふうにめちゃくちゃにされるのだろうか。あえて言いつけに逆らい、実行されてみたいという誘惑に駆られた。でも里見があそこまで言ったのは、たぶん猛を心配してくれているからだ。余計な心配は、やはりさせるべきではないだろう。

　わかってはいるが、だがしかし——。

　これでも熊坂組の組長なのだ。夏祭りのシーズンが終わったところだが、年末までやることがないわけではない。シマではちいさないざこざが常に起きている。人間という生き物は二人以上いれば、どうしたって考え方や生活習慣のちがいで諍《いさか》いを起こすものだから、しかたがない。そこで警察に届けるよりは熊坂組に仲裁を頼みたいという昔ながらの判断を下す住民はまだまだいるのだ。

　頼まれれば、基本的に猛は断らない。住民のために最善の方法で仲裁に入ったり、始末をつけたりする。その見返りを求めることはない。感謝の気持ちをお礼としてカタチにする住人もいるが、猛はそんなことよりも、商店街の夏祭りや神社に初詣に行ったとき、熊坂組が取り仕切っている露天の店で、たこ焼きやチョコバナナの一個でも買っていってほしいと思うだけだ。

　いまの時代、極道が恐怖で統治することはできない。できるだけ長く共存していくためには、牙は引っこめておく方が得策だ。熊坂組の面々は、そういった猛の方針をよく理解してくれている。

「………事務所に行きたいな………」

　組員のみんなに会いたい。わいわいがやがやと賑やかな事務所の雰囲気が、猛は好きだった。あそこは居心地がいい。みんなが猛に好意を抱いてくれているからだろう。新入りの三池も馴染んできたし、五十円玉や百円玉でちまちまと賭ける麻雀で一喜一憂するみんなの様子を眺めるのは癒しだった。

あの夜からずっと里見はこの部屋に帰ってきてくれているが、それだけではつまらないのが本音だ。

「……抱いてくれないし」

里見はセックスしてくれない。頭にケガをしているのだから、というのが理由のようだが、本当はもう猛とはしたくないのかもしれない。口では「気持ちは変わっていない」なんて言ってくれるが、絶倫っぽい里見が、なにもせずに何日もいられるという事実がある以上、猛への想いが薄れていっているような気がしてならない――。

「ああ、もうっ」

イライラする。いっそのことめちゃくちゃにしてくれよと叫びたくなる。

一人で閉じこもっているからネガティブになってしまうのだ。ぐるぐるとロクでもないことばかり考えてしまう。外に出たい。組員と一緒なら出てもいいように思うのだが。

玄関で物音がして、猛はソファから飛び降りた。里見が帰ってきたのだ。合鍵を使うようになってから、里見はインターホンを押さなくなった。それはそれで同棲しているカップルのようで嬉しい。

「おかえりーっ」

両手を広げて里見を出迎える。勢いでドーンと里見に抱きついたが、頑健な体はびくともしなかった。里見は特に驚くこともなく、猛をぶら下げたましっかりとした足取りでリビングへと歩いていく。

「本当に包帯が取れたんだな」

大きな手で頭をわしわしと撫でられ、猛は犬のようにクウンと鳴いた。

「もう大丈夫だってさ。明日から事務所に行ってもいい？」

「ダメだ。出歩くな」

やっぱり許可はもらえない。猛は唇を尖らせて不満を訴えた。

「暇なんだよ、引きこもってるのはもう限界っ。一人じゃなけりゃ危なくないだろ？」

「一回目の襲撃が失敗に終わっているわけだから、二回目は生ぬるい手は使ってこないだろう。腕のたつヤツが複数で襲撃してきたらどうする。熊坂組に対抗できるヤツがどれだけいる？」

「そんな、あるかどうかわからないこと言ってたら、キリがないって。そもそも、俺をそこまでして襲いたいヤツがどこにいるんだよ。自慢じゃないが熊坂組のシマなんてたいしたことないし、俺自身だってそんな価値はないだろ。親父やおまえとちがうんだから」

「価値？　おまえは自分に価値がないと思っているのか？」

里見の眉間に深い皺が寄った。抱きついている里見の全身から怒りのオーラが立ち上りはじめ、猛はちょっとビビる。

「だ、だって、俺なんか、弱小の組で、お飾りで組長やってるだけの……」

「へぇ、お飾りの組長に、水貝はじめ組員たちは必死になって仕えているってわけか？　俺は価値のない男に入れ上げて、なんのメリットもないのにちまちまと通ってきているってわけか？」

「あ、いや、そういう……」

自分を卑下すると里見が怒るということを忘れていた。猛にとって里見は宝物のようなものだが、逆もそうだとは、やっぱり心底信じられていないのだろう。だからついポロリと言わなくていいことをこぼしてしまう。

「まったく……おまえはぜんぜん自分のことがわかっていない」

里見はため息をつきながらスーツの上着を脱ぎ、ネクタイを緩める。リビングのソファに体を投げ出すようにして座った里見は、とても疲れているように見えた。目の下のクマはいつからこんなに濃くなっていただろうか。輝くような美貌は変わらないが、肌がくすんでいる。元気がないのは、自分のせいかもしれない、余計な仕事を増やしてしまったから——。

「里見、ごめん。わかるように、努力する……」

どうすれば自分というものがわかるようになるのか見当がつかないが、とりあえずそう言ってみる。

里見は目を丸くして猛をまじまじと見つめ、がっくりと肩を落とした。

「里見？」

「俺は、どうしてこんなおバカを……」

なにやらぶつぶつと呟きながらも、里見は指先でちょいちょいと猛を招く。従順にソファに近づいたら、腕を摑まれた。あっと声を上げる間もなく、里見の横に座らされている。ほとんどぬいぐるみかなにかのように、片手でぎゅうっと抱きしめられた。

「猛、もう頭は痛くないのか」

「ぜんぜん痛くないよ」

「そうか……」

里見の手がまた猛の髪をくしゃくしゃとかきまぜた。たんこぶのあたりも撫でられるが、ソフトな触り方なら痛まない。無言で里見は頭を撫でる。やがて手は首筋まで滑り落ちて、指先ですりすりと肌を擦るようにして撫でた。

まるで猫になって首のまわりをくすぐられているような感じだ。猛は気持ちよくてうっとりと目を閉じた。その手つきに、猛は意味が含まれていることに気づいた。里見はエッチな気分になっているのではないか。

そっと里見の股間に視線をやれば、なんとなく膨らんでいるように見える。猛が欲求をもてあましているように、里見だって溜まっているはずだ。猛のケガがよくなったと聞いて、その気になったとしてもおかしくない。

里見はモテる。半端なくモテる。恋人になるまえ、里見がどれだけ節操なしだったか猛は知っている。その気になったらより取り見取りなのだ。しかも絶倫ときている。セックスしないと溜まってしかたがない状態になるらしい。恋人になってからは、里見が猛以外の人間を抱かないように、猛だけで満たされるように、求められたら拒むことだけはしないようにしてきた。

里見がしたい気分になっているのなら、欲望を発散させてあげたい。

「里見……」

猛から誘うようにして、キスをした。里見の膝に乗り上げて、唇を重ねる。すぐに里見は貪るようにして猛の舌を吸ってきた。猛も夢中になって里見の舌を吸う。じんと腰のあたりが痺れるように感じた。舌と舌を絡めあって、吸いあって、唇を擦りつけるようにしてキスをした。

やっとぎこちなくも舌を使えるようになった猛だ。里見が過去に相手をしてきた百戦錬磨の玄人女たちには、きっと遠く及ばない。でも、里見を愛しく想う気持ちだけはだれにも負けないつもりだ。

一生懸命にキスをして、猛は喘ぎながら唇を離した。間近にある里見の瞳が潤んでいる。こういうときにいつもゆらりと揺らぐ、青い炎。青灰色の瞳の奥が変化する、このときが、猛は好きだ。

なんとなく膨らんでいるというていどだった里見の股間は、濃厚なキスによってあきらかに膨らんでいた。中身がどんなふうになっているか、猛はもう容易に想像できるようになってしまった。

見たい、触りたい、里見を気持ちよくさせてあげたい。

「里見……ねぇ、しようよ……」

「だめだ、まだケガが……」

「もう大丈夫だから」

猛の体を思いやってくれる優しさはわかるが、じゃあコレはどうする。

「猛、おいっ」

猛は里見の膝からするりと下り、ラグに膝をついた。里見の足の間に入って、膨らんだ股間を撫でる。じゅうぶん硬度を持っていたものが、さらにぐっと固くなるのを、嬉しいと思った。

「これ、口でしてあげる」

「しなくていい、放っておけば、そのうちおさまる」

「させてよ。したいんだ」

里見を欲求不満のままにしておくなんて、猛はいやだった。どこかで発散されたら泣く。以前ならしかたがないとあきらめていたが、いったん恋人になったからにはよその女で解消されるのは我慢ならない。猛の部屋でその気になったのなら、猛がしてあげたい。

「じっとしててくれ」

ファスナーを下ろして中身を露《あら》わにすると、里見は抵抗を諦めて黙ってされるがままになってくれた。髪とおなじ色のアンダーヘアに囲まれた、平均的な日本人よりも大きいサイズのものを取り出し、猛は口に含んだ。すでに勃起していたそれは、猛がくわえたことによってさらに膨れ上がり、喉を突くほどになる。

大きい。くわえるので精一杯になると、上手に舌を使えない。下手くそなのは自覚していたが、猛は頑張って口淫を続けた。

「ん、ん、ん……」

先端の丸みを舌でねろねろと撫でながら、幹の部分を指で扱《しご》いた。唾液と先走りが混ざって、里見の股間はべたべたになってくる。里見以外の男のペニスなんてくわえたいとは思わないが、これだけは別だ。ちらりと里見の様子を窺うと、頬を上気させて陶然としている。感じてくれていることを確認して、猛も体を熱くさせた。

股間が疼いている。触ってみなくても勃起して下着を濡らしているのがわかるくらいだ。そして、後ろもひくひくと蠢《うごめ》いている。狭いそこを思い切り里見に広げられて貫かれる快感を、体は覚えてしまった。してほしいなと、もじもじと尻を振りながら、猛は里見に奉仕した。

「猛、もういい、いきそうだ……」

「ん、んん、んん」

出していいよと、目で頷く。拙い舌使いでも、いってくれるなら嬉しい。もう里見の味は知っている。猛が飲むのを里見は嫌がるが、里見だって猛の体液を平気で飲む。どうして猛が飲むのを嫌がるのか、わからない。

「放せ、おい、猛っ」

里見は強引に猛の頭を引き剝がそうとしたようだが、ケガを思い出したのか、手を引っこめた。これさいわいと、猛は奉仕を続ける。やがて里見の内股が震えて、くわえた先端が膨れたと思ったら、熱い体液が迸《ほとばし》った。猛は離れることなく、それをすべて口腔で受けとめ、嚥下《えんか》した。

丁寧に舌で清めてから、猛は里見の股間から顔を上げる。一部始終を見つめていた里見の目は熱がこもったように潤んでいて、まだ足りないと訴えるようだ。

「おまえ、それはどうする」

里見の視線は猛の股間に注がれている。部屋着のスウェットは生地が薄くて、高ぶったそれを隠してはくれない。どうするかなんて——もちろん、里見に触ってほしい。フルコースのセックスをしてくれないなら、せめて里見の手でいかせてほしかった。

「どう……って、触ってくれないのか？」

ラグに座りこんだまま、おねだりするように里見を見上げる。そのビジュアルに、里見がうっと息を呑んだのを、猛は気づいていない。口淫で唇が赤く色づき、いくぶん腫れぼったくなっているうえに、濡れている。黒い瞳も欲情色に染まっていた。まさに「食べて」と差し出されたご馳走状態だ。

「あっ」

猛は里見にひょいと抱き上げられて、ソファに押し倒された。言葉もないまま、スウェットのボトムを引き下ろされる。ウエストが総ゴムだったので、あっさりと下着ごと脱がされて股間を剝き出しにされてしまった。

「あ、あの、してくれる、の？」

してくれるなら嬉しいが、無言でさくさくと進めるのはどうかと思う。

里見は怖いぐらい真顔になっていて、露わにされた猛の屹立を見つめてくる。すでに先端が濡れているそれを、間近でじーっと凝視されるのは、いささか恥ずかしい。もう何度もセックスした仲だが、そこはそんなふうにして観察する器官ではない。

「里見ぃ、そんなふうに、見るなよ……」

顔を赤くして抗議してみた。できるなら両手でそこを隠したいが、里見がそんなに見たいなら見てもいいという気持ちもある。自分のすべては里見のものだから。

視姦という言葉を知ったのは最近だ。里見の視線には威力があって、猛は服を着ていても意味深に見つめられるとドキドキしてしまうようになった。だって絶対に里見は猛をいやらしい意味で見ている。猛をどうしたらどんな反応があるか、もう知っているから、思い出しているに決まっている。

「里見………」

今日は見るだけなのだろうか。触ってほしい、できたらさっき猛がしたように口でかわいがってほしい、そしてそして、里見がよければ、切なく疼いている後ろを指で弄ってほしい。

「ああ……」

見られているだけなのに猛のそこは限界を迎えそうになっていた。勃起したペニスは震えながら待っている。ルビー色した先端は先走りがあふれてぬるぬるになり、薄いアンダーヘアまで湿らせていた。

「お願い、里見、どうにかして……」

「どうにかって？」

「さ、触ってよ」

「どこを？」

意地悪な里見に、猛は唇を噛む。いまは言わせたいモードに入っているらしい。でもセックスの最中には、よく「もうなにも言うな」とか「黙れ」とか怒った口調で猛の口を塞ごうとすることがある。いやらしいことを言わせようとしたり黙らせようとしたり、里見が引いたラインがいまいちわからない猛だ。

「……ペニスに触ってほしい」

「ここ？」

里見の長い指が猛のそれをつんつんとつついた。それだけで爆発しそうになり、猛は涙目になった。

「も、いっ、いっちゃう……っ」

「これだけで？」

今度は指で幹の部分をつつつとなぞられ、猛は背筋を震わせた。じっと見つめられながら、言葉で嬲《なぶ》られながらいくなんて、恥ずかしすぎる。でも恥ずかしいと思えば思うほど、感じた。

「うしろ、うしろも、弄って」

お願いしたら、里見の指は後ろまで滑っていった。つぷんと指先を入れてもらえて、「ああ……」と喜びのため息をつく。ゆっくりと抜き差しをされて、猛は身悶えた。

「いい、いい、里見ぃ、もっとして、ぐちゅぐちゅして」

「擬音はやめろ」

里見がチッと舌打ちしたのが聞こえたが、猛はもう快感でいっぱいで、気にしてなんていられない。

「ああ、ああ、きもちいい……、んっ、あん」

後ろに入れられた指が二本になり、猛はきゅうっとそれを締めあげた。同時に痛いくらいの強さでペニスを扱かれる。たまらない快感にソファの上で悶えた。欲求不満だった体には酷なほどの刺激だった。

「あーっ、あっ、いい、いいよぅ、ああ、ぬるぬる……ぬるぬるする、里見ぃ」

「だから、擬音はやめろって」

「いっていい？　ね、もう、いっていい？」

「いけよ」

「さ、里見の指で、いくっ、あっ、ああっ、もっと、ぐちゅぐちゅにしていいから、もっと……っ」

「ああ、もう黙れっ」

さっさといけ、とばかりに里見が指先で中をぐっと抉《えぐ》った。

「あ、あーっ、あーっ、あーっ……」

がくんがくんと腰を痙攣させながら、猛は思い切り放った。溜まっていた白濁が勢いよく吐き出されて、自身の腹を汚していく。最後の一滴まで里見の指で扱かれて、猛はうっとりと余韻にひたった。とろんと蕩けた目で里見を見上げると、一回いっているはずの里見もまた瞳を青く燃やしていた。

「里見……」

両手を伸ばすと、里見が屈みこんできた。その逞しい首に腕を絡めて引き寄せる。唇が重なってきた。ねっとりと舌を吸いあって、おたがいにまだ足らないことを確認しあう。

里見は無言で股間を重ねてきた。色も形もサイズもちがうペニスをくっつけて、擦りあった。猛はソファに後頭部を擦りつけるようにしてのけ反り、里見に気持ちいいと訴えた。

「いい、いい、里見、もっとして、もっとぐりぐりして、固くていいよぅ」

「…………」

「あーっ、んんっ、ぐ、ぐりぐり、いいっ、固いのいい、里見ぃ、ぬるぬるしてるよ、ぬるぬるぅ」

「頼むから黙ってくれ、もうなにも言うな」

里見の大きな手で口を塞がれてしまった。それでも猛はくぐもった声で喘ぎ、里見に愛撫をねだったのだった。


昨日、ついに我慢できずに猛に手を出してしまった——。

里見は猛反省していた。月伸会の本部に着き、会長の部屋に入ってもまだ猛省中で、大真面目に自己嫌悪していたので人相がかなり悪くなっていた。

「おい、どうした」

清孝がそんな里見に「具合でも悪いのか」と訊ねてくるほどに。

「具合は悪くありません。大丈夫です」

「そうか？　なんだか暗いぞ」

「…………」

まさか猛の父親に、ケガがまだ完治していない息子さんとエロいことをしてしまいましたなどと懺《ざん》悔《げ》できるわけもない。そこまでイカレていなかったので里見は賢明なことに無言で目を伏せた。

しかし、昨夜の自分はケダモノだった……。

いくら包帯が取れたからといって、猛はほんの数日前に何者かに襲撃されて昏倒したのだ。絶対にしばらくはセックスを控えようと決意していた里見だが、猛の色香に負けてしまった。猛も欲求不満になっていたのだろう。誘いを拒めなかったのは不覚だ。どうにかこうにか最後の自制心のカケラでもって挿入行為だけは避けることができたが、それ以外のことはけっこうやってしまった。

猛は男との初体験がわずか三カ月前でありながら、エロ方面の優秀さは抜きんでている。まさに砂が水を吸うがごとく、あっという間に上級レベルに到達してしまった。そんなことは里見が口に出して言わないから猛はわかっていないだろうが。

キスも上目遣いも腰の振り方も淫《みだ》らでたまらなく、里見の理性を粉々にするほどの威力を発揮するのだ。里見のマグナムは瞬時に硬直し、デンジャラスな状態になる。

猛の痴態だけでなく、里見は言葉にも煽られる。猛とセックスするようになって自覚したが、里見はどうも擬音に弱い。猛のかわいい口が「ぬるぬる」だとか「ぐちゅぐちゅ」だとか「ぐりぐり」なんて言おうものなら、またたくまに射精してしまいそうな勢いで高ぶってしまう。男としては致命的な早漏のレッテルが貼られてしまうほどの状態になるのだ。

できれば猛には、ただア行で喘いで、たまに里見の名前を呼ぶくらいでいてほしい。その方が里見はコントロールがきく。本気で擬音はやめてくれと頼みたいが、おのれの弱点を恋人に申告するのは抵抗があった。猛がわざと擬音を連発しようものなら、里見はとんでもないことになるだろう。

しかし、猛のあの擬音はいったいどこで学習した結果なのだろうか――。

女との少ない経験であんなことは学んでいないと思う。猛の相手をした女は把握しているが、ごく普通の女でＡＶ女優ではない。

男相手の初体験は里見のはずだから、だれかに仕込まれたわけでもない。ということは、ひとり身の時期が長かったために、エロＤＶＤやエロ漫画等でインプットされてしまったものだろうか。

「おい、眞木。さっさと報告しろ」

目の前に座る清孝が不機嫌そうに目尻を吊り上げていた。いけない、つい猛のことばかりを考えてしまっていた。里見はいま、猛の事件について清孝に途中経過の報告に来たのだった。

「すみません」

里見はハッと我に返り、深々と頭を下げて謝罪してから、今朝、舎弟からもたらされたばかりの情報を清孝に告げた。

「熊坂組のシマで、不穏な動きをしている集団を見つけました」

「集団？　どこの組織だ」

「こちら側の人間ではありません。素人の集団です。リーダーはこの男だと思われます」

　里見がデスクに滑らせたのは、あきらかに隠し撮りだとわかる写真だった。ありふれたスーツを着た四十歳くらいと思われる男は、平凡な容姿をして眼鏡をかけている。どこからどう見ても一般的なサラリーマンだった。

「名前は石原吉成《いしはらよしなり》。本名かどうかはまだ確認が取れていません」

　里見はトランプの札のように、似たようなスーツ姿の男たちの写真を並べていく。

「仲間です。いまのところ把握できているのは五人。全員が地味ないでたちですね。雑踏にまぎれたら判別がつかないくらいに」

「……なるほど、素人だが、ある筋のプロではあるということか」

　清孝は頭の回転も勘もいいから話が早い。

「こいつらは、どうやら不動産のプロです。熊坂組のシマで土地を転がそうとしているみたいですね。ここらで見かけたことがないので、いままで主にどこで仕事をしていたのか、いま当たっているところです」

「なるほど。グレーゾーンに生きている集団ってことか」

　はっきりと素人ならば、本物の極道が脅しにかかれば手を引くだろう。猛に手を出した実行犯も、恐れをなして尻尾を出すに決まっている。玄人ならば、どこの筋のものか調べて落とし前をつけさせればいい。

　だが、そのどちらでもないとなると、わりと厄介なのだ。下手に肝が据わっているから、多少の脅しでは手を引かないだろうし、尻尾も出さない。どこの筋のものでもないと、関係者に仲裁を頼み、ほどほどのところで手打ちにすることもできない。脅せば、逆にこちらが痛くもない腹を探られる恐れもある。警察に駆け込まれると厄介だ。

「本当にこいつらが猛を襲ったのか？　なんの理由があって？」

「それはこれから調べます。とりあえず、不穏な動きを察知したので、会長に報告をと思いまして」

「そうか。わかった」

清孝はデスクの上の写真をまとめると里見に返した。清孝は記憶力もいい。男たちの顔はもう覚えただろう。里見は一礼して部屋を出て行こうとしたが、呼び止められた。

「里見」

「はい」

清孝が名字でなく名前で呼ぶとき、プライベートな領分で話があるという意味だ。

「猛のケガはもうずいぶんよくなったんだろう？　まだ帰って来ないのか？　アレが寂しがっているぞ」

主語や目的語が省略されていたが、里見には意味がわかる。猛の退院以来、里見はずっとマンションに泊まりこみ、熊坂家に戻っていない。清孝の妻である由香が、いつ帰ってくるのか聞いてほしいと夫に頼んだのだろう。

十六歳で引き取られてから、里見は十六年間も由香の世話になってきた。実の母親とは幼少期に生き別れているので、里見にとって母親とは由香のことだ。実子である猛のケガも心配だろうが、こうして里見も気にかけてくれる。ありがたいことだ。

「そうですね、もう少し……」

「一度、電話でもかけてやれ。猛の様子も聞きたいかもしれん」

「わかりました」

里見はあらためて一礼し、会長の部屋を辞した。

若頭の自分用にと与えられている部屋に行くと、舎弟頭の腰野が待っていた。

「石原たちの追跡と、素性の調査を引き続きやってくれ。確証がないことも報告しろ。ほんのわずかでも疑いがあれば……ご招待だ。極秘でな」

「はい」

「一人残らずだ」

「わかっています」

腰野は足音を立てることなく部屋を出ていった。里見はひとつ息をついてから携帯電話を取り出した。着歴を見れば水貝からかかってきている。こちらからかけ直すと、水貝の口から石原のことが飛び出してきた。

『俺らのシマを土足で踏み荒らそうって他所者《よそもの》がいるらしいんすよ。土地転がしっぽいっすね。見た目はどうってことないリーマンなんすけど、やり口がどうも玄人くさくって――』

さすが水貝だ。里見が動かせるだけの金と人手を使って摑んだ石原の動きを、朧《おぼろ》ながらも察知している。水貝は猛の中学時代の後輩で、地元の人間だ。独自の人脈というものがあるのだろう。

「そいつらのことは、こっちでも摑んでいる」

『そうっすか。さすが月伸会っすね』

水貝が言うとどうしても軽い。バカにされているような響きに、里見はイラッとしそうになる。

「まだ詳しい素性は摑めていない。水貝はそいつらの動きを追ってくれ。まだ手出しはするなよ」

『ＯＫ～』

俺はおまえの友達じゃないと、一喝してやりたくなったが、里見はぐっとこらえた。水貝は猛のために組長不在の熊坂組を仕切っているのだ。そのうえ襲撃犯の情報収集までしている。里見が短気を起こして怒鳴りつけても、いいことなどなにもないだろう。臍を曲げて協力してくれなくなったら困る。なにせ猛という最大の弱みを握られているも同然なのだから。

「頼んだぞ」

それだけを言って、通話を切った。やれやれと息をつき、本来の仕事に戻る。

月伸会の若頭という御大層な肩書きの里見だが、やっていることは金の管理だ。熊坂組をはじめとする下部組織からの上納金の集金、月伸会自体のシノギの監督と財産の管理等、およそヤクザらしからぬ部分を里見は担当していた。それだけではなく、フロント企業のコンサルタント業もこなしている。父親はヤクザで、母親は遠くロシアから日本に出稼ぎに来ていたダンサーだった。それなのに里見には金勘定と経営の才能があった。ヤクザになっていなくとも、おそらく企業家として成功できただろう。

里見はため息をつく。いまは一人きりだから、ため息くらいついてもだれも見咎めない。

今日中に目を通さなければならないファイルが、デスクに山積みになっていた。ファイルの背には月伸会が抱えている企業や店舗の名前が書き込まれている。里見の元に届く前に、雇い入れている会計士が目を通しているのだが、最終的にはこうしてここに積まれるのだ。

うんざりしながらも、里見はこれも役目だと自分に言い聞かせ、一番上のファイルを手に取った。

とにかく今夜も猛の元へ帰らなければならない。のんびり嘆いている暇はなかった。

猛を思い出すとストレスが減るような気がする。昨日までは禁欲生活のせいで苛立ちが募っていたが、あるていど発散してしまえば残るのは猛への愛しさだけだ。猛に「おかえり」と言ってもらえる生活が、こんなに幸せだとは思ってもいなかった里見は、もう引き返せないところまで来ていた。できたらこのまま二人で暮らしたいと思いはじめている。

そのためにはどうしたらいいか。いくつかの障害をどう攻略していくか。きちんと作戦を練らなければならない。

「とりあえず………」

仕事をしよう。里見はファイルを開いた。

里見が月伸会本部で電卓を片手に数字と格闘をしている頃、猛は暇を持て余していた。

昨夜、ひさしぶりに里見とセックスして欲求不満が解消されたからか、すっきり爽快な気分だ。アナルセックスはしなかったからちょっと物足りない気分だが、そのおかげで尻は痛くない。

元気全開の猛は、外に出たくてうずうずしていた。

「……一人で出なきゃ大丈夫だよな」

猛はとうとう我慢できなくなって、三池に電話をかけた。外に出たいんだけど、なんて水貝に相談したら反対されそうだったので、直接三池を呼び出す。

「事務所に顔を出しに行くから、車で迎えに来てくれよ」

そう言うと、三池は喜んだ。

『すぐに行きます。外に出てもいいことになったんすねー』

単純に声を弾ませる三池に許可なんか出ていないとは言えず、騙《だま》すような形になってしまい、善良なヤクザである猛はチクリと胸が痛んだ。あとで三池は水貝と里見に叱られるかもしれない。

ほんの五分ほどで三池が車で迎えに来てくれた。月伸会のものとはランクがちがうベンツは、大切に使っているが年代物で、もういつエンジンが動かなくなってもおかしくないと余命宣告がされたポンコツだ。それでもいつも洗車してぴかぴかにしてあるので、そんなに貧相には見えない。

「組長っ、来ました！」

「ごくろうさん」

満面の笑みを向けてくる三池を労《ねぎら》い、猛は車に乗り込んだ。ひさしぶりにスーツを着た猛は、わくわくうきうきしている。事務所にちょっと顔を出すだけのつもりだが、ずっとマンションにこもっていたので遠足気分になっている。ある意味、熊坂組の事務所は遠足にぴったりな動物園のようなところだが。

「ケガ、たいしたことなかったみたいで、よかったたっすね！」

三池は上機嫌でハンドルを握っている。ちゃんと前を見ろよと注意しなければならないほど、浮かれていた。復帰してくれて嬉しいと全身で訴えてくれるのはありがたいが、猛はべつに会いに行けるアイドルではない。れっきとしたヤクザなのだが。

「そういえば、あのときウチダ医院に駆けつけてくれたんだよな。夜中に悪かったな」

「いえいえ、そんなこと。知らせを受けて、もう…びっくりしましたよー。オレ、泣きながら病院に行ったんすからね。もうあんなことはイヤっすよ」

あの夜のことを思い出したのか、三池が涙声になる。頼むから運転に集中してくれと、猛は祈るような気持ちになってしまう。多少強引にでも、話題を変えた方がいい。

「なにか変ったことはないか？」

「えーと、特にないっすねー。あ、そうだ、アキラさんに女ができたんすよ！」

「へぇ、どんな人？」

「それがね、秘密だとかって、教えてくれなくって。でも手作りの弁当なんか持ってきてて！」

「それはすごいな」

猛は本気で感心した。地味なシマではあるが、熊坂組はやっぱり極道だ。ヤクザの女になってくれるような奇特な人間は、似たような境遇の日陰で生きている人間が多い。まともに料理をして弁当を持たせてくれる女なんて貴重だ。

「いつまで続くかわかんないなんて、水貝さんは言ってますけどねー」

「それはまあ、そうだが。続くといいな……」

心からの願いだ。猛は三カ月前に長年の片想いが実ったとき、自分ひとりが幸せになってしまったような気がして、組員みんなに幸福が訪れますようにと神社で賽銭をはずんだくらいだ。

そんなこんなで喋っているうちに車は事務所に到着した。昼間の中途半端な時間なので、残っていた留守番役の組員は数人しかいなかった。その中には水貝やアキラ、山岸などの幹部はいない。おそらく外に出て猛の襲撃犯を探し続けているのだろう。

「うわぁ、組長っ！　マジっすか！」

「組長、待ってましたよ。オレ、組長の顔見ないと、落ち着かなくって」

「ケガはもういいんすか？　オレらが絶対に仇《かたき》をとりますからね」

強面《こわもて》の男たちに取り囲まれて歓待された。前歯が欠けているヤツ、鼻が曲がっているヤツ、金の鎖をじゃらじゃらつけているヤツ、紫色のシャツにピンクのパンツを合わせて平然としているような洋服のセンスがなさ過ぎて気の毒に思えるヤツなど、社会生活をまともに送れそうにない男ばかりだが、それぞれに全快を祝う言葉を贈ってくれ、猛は嬉しい。

「組長が来てくれると、やっぱ事務所が明るくなりますねー」

前歯が欠けたままの組員が頬を染めて笑っている。みんな口々に「そうだな」と頷いた。

勝手に外出して事務所に来てしまったが、こんなに組員が喜んでくれたのだから、まあいいか、と思う。こうして事務所にいるだけなら、襲われる心配はないだろう。水貝たちが戻ってくる前に、マンションに帰ろう。そうすれば里見にもバレない。

「組長、どうぞどうぞ」

三池に座るよう促され、これまた年代物の黒革のソファに座る。

「お茶、飲みますか」

「まんじゅうがありますよ。どっちがいいですか」

あれこれと世話を焼いてくれるのが楽しくて、猛は笑いながらもてなされた。

「麻雀やります？」

「組長の快気祝いってことで、特別レートでどうっすか」

「いいな、それ！」

ハイテンションになるとハメを外したくなるのは、人としての性《さが》なのか。一気に賭け金が跳ねあがりそうになり、慌てて猛はいつもの小銭のみにしろと口を出さなければならなくなった。

結局、猛も麻雀のメンツに加わり、半チャンのみ遊んだ。というか、そのころに水貝が戻ってきたのだ。和気藹々《わきあいあい》と麻雀卓を囲んでいる猛と組員たちの頭上から、唐突に季節外れのブリザードのような凍える声が降ってきた。

「こんなところでなにしてんすか、組長」

リーチ棒を出そうとした手をぴきんと凍りつかせ、猛は息を飲んだ。こわごわと振り返ると、そこには暗雲を背負った水貝と山岸が立っている。二人とも目が座っていた。しかも顔にはありありと疲労が浮いていて、ここ数日のオーバーワークが窺える。水貝はともかく、山岸はもともと頬に古傷がある強面だ。見慣れている猛の目からしても、かなり怖い面相になっていた。

「お、おかえり、ご苦労さま」

猛はあわあわと立ち上がり、壁の時計を見る。ちょっとだけのつもりが、もう二時間以上たっていた。まずい。

「質問に答えてください。ここで、なにを、しているんですか？」

「あ……えっと……ちょっと事務所の様子が見たくて…………」

「それで雀卓を囲んで？　いつからここに？」

猛が黙っていると、水貝に睨《にら》まれた組員が、バカ正直に「二時間くらい前っす」と答えてしまう。

「ずいぶん長く様子を見ているんですね。もう十分なんじゃないっすか？」

「これはちょっとしたコミュニケーションってやつで……」

「若頭から外出ＯＫって言われてないですよね」

山岸の怖い顔が、いっそう怖くなって猛に迫ってくる。思わず視線を逸らした。

「いや、その………」

「勝手に出てきたんですね」

「く、車で来たから」

「車だったらいいってもんじゃないです」

ビシッと叱られて、猛はほとんど校則違反を担任教師に見つかった中学生のごとく首を竦《すく》めた。猛を送迎した三池は、部屋の隅で青くなっている。

「いいですか、坊ちゃん」

山岸が「組長」ではなく「坊ちゃん」と呼びかけてきた。これは大変だ。説教モードに突入したと覚悟しなければならない。

「坊ちゃんはわしらの太陽なんです。生きる希望なんです。坊ちゃんにもしものことがあったら、わしらはみんな生きる屍《しかばね》になってしまう。そのへんのこと、わかってくれていると思っていましたが」

「そんな、生きる希望なんて大袈裟な――」

笑おうとしたら、猛以外の全員が「そうだな……」と大真面目に頷いているではないか。奇妙な雰囲気に包まれた事務所の隅で、水貝が携帯電話でだれかと話していることに気づいた。まさか、と顔色を変えた猛に、水貝がちらりと視線をよこしてくる。

「若頭に報告しましたからね。組長が無断で部屋を出てここに来ているって」

「なんで言っちゃうんだよっ」

ひいぃぃぃ〜と猛はムンクの「叫び」のような形相になってしまう。言いつけを守らなかった猛が悪いのだが、里見がどんな罰を科してくるかと思うと恐ろしい。なまじ頭がいいだけに、とんでもなく陰湿なおしおきを考えそうだ。本当にめちゃくちゃにされたら一体どうなるのか。

「迎えに来るそうなんで、ここから動かないでくださいよ」

「じゃあ、それまでのあいだ、わしの話を聞いてもらいましょう」

水貝と山岸に挟まれて、猛は連行されるようにして組長の部屋へと連れて行かれたのだった。


仕事を超スピードで終わらせた里見だが、それでも時刻は午後九時を回っていた。水貝から猛の脱走を聞いてから五時間はたっている。熊坂組にベンツを乗りつけ、不機嫌が顔に出ている里見を見てうろたえるザコども（猛が言うところの組員＝家族）を蹴散らし、組長の部屋へ一直線に向かう。

「おい、入るぞ」

ノックもせずに一声かけただけでドアを開けた。そこには猛と水貝、山岸の三人がいた。応接セットのソファに座っていた三人の中で、里見を振りかえるなり立ち上がったのは猛だけだ。

「里見ぃ」

勝手に抜け出してごめんなさいと、里見の怒りを恐れた猛が最初に口にするセリフは謝罪だと思っていたが、ちがっていた。

「助けに来てくれたんだ。うれしいー」

猛はなんだか疲れきった顔で半泣きになっている。よろよろと歩いてきて、里見に抱きついた。とっさに抱きとめた里見だが、意味がわからない。猛はぐったりと寄りかかってきて、説明を求めようにも無理っぽい。問うようにして水貝と山岸を見遣った。水貝はため息をつきながらひらひらと手を振る。

「若頭、お迎えお疲れさまっす。すみませんね、ウチの組長のためにお手を煩わしちゃって」

「お疲れさまです」

昔気質《かたぎ》の山岸はゆっくりと立ち上がると、里見に対して丁寧な礼をした。

「里見ぃ、もう疲れた。もう帰りたい」

里見の胸に顔を押しつけて、猛はかわいく甘えてくる。人前でありながらよしよしと頭を撫でてしまいそうになるかわいさだ。里見は精一杯の威厳を発揮して我慢した。

「…………こいつになにをしたんだ？」

「人聞きが悪いですな、若頭。なに、ちょっと説教をしただけですよ。あまりにも自覚がないもんですからね。ご自分の身がどんなにわれわれにとって大切か、とっくりと言って聞かせました」

説教……それだけで猛がこんな状態になるか？　疑問が顔に浮かんだのだろう、水貝がぼそりと補足説明してくれた。

「ちょっとした説教ですよ。山岸さんお得意の。なに、ほんの五時間です」

「五……っ？」

さすがに里見も目を丸くした。ではあの電話のあとすぐから、いままでずっと猛は山岸の説教を受けていたということか。それは疲れるだろう。食事も取っていないにちがいない。水貝もそれに付き合ったのかと、信じられない気持ちで目を向けると「俺はずっとここにいたわけじゃないっすからね」と首を横に振った。

「いくらなんでも五時間も説教に付き合ってらんないですよ。やらなきゃならないこともありますしね。出たり入ったりしてました」

水貝はやれやれといった感じで肩を竦める。

「たぶん、もう説教は十分だと思いますよ」

「組長、わしらの気持ち、わかってくれましたか」

山岸がずいっと距離を縮めてきてそう迫った。猛はびくっと全身を揺らして、ちらりと山岸を見遣る。がくがくと何度も頷き、「わかった、すごくわかった」と繰り返した。

「帰ろう、里見、帰ろ」

懇願するように胸元から見上げられて、その必死な様子に里見は鼻の下が伸びそうになった。水貝と山岸が見ている前で、あまりカッコ悪い真似はしたくない。意識的に表情を引き締めながら、「そうだな」と同意した。

「まあでも、組長はもう元気そうなんで、いつまでも部屋に引きこもっているのも不健康なんじゃないですか。単独で出歩かないようにすれば、危険はないと思いますよ。鬱憤《うっぷん》がたまって一人で飛び出されるより、監視付きでちょこちょこ出してあげたらどうです」

「……わかった。検討する」

水貝に忠告をされてしまった。里見は猛を半ば抱きかかえるようにしながら事務所を出た。見送りに出てきた組員たちの咎めるような視線が痛い。何度来ても、熊坂組は猛のファンクラブのようだ。全員が猛を大好きで、里見を敵対視している。みんなのアイドルを攫っていく悪人だとでも思っているのだろうか。面倒くさい。

外で待たせていたベンツに猛を抱えたまま乗りこみ、すぐに猛のマンションへ向かわせる。

「猛、腹が減っているんじゃないか？」

途中でなにか調達したほうがいいかと聞いてみたのだが返事がない。里見に凭れるようにして座っている猛は、なんと眠っていた。いくら山岸の説教で疲れたからといって、車が動き出してものの三十秒で寝入るとは――。おまえはのび[redacted]かと、里見は呆れた。

「おい、コンビニに寄ってなにか買ってこい」

「わかりました」

ハンドルを握っている高洲は、猛のマンション近くのコンビニエンスストア前にベンツを停車させた。猛がここに来ようとしてたどり着けず、途中の公園で襲われた例の店だ。この店はまったく関係ないのだが、里見はなんとなくイラつく。本当はここで買い物などしたくないくらいだ。わずかでも売り上げに貢献するなんて、と思ってしまう。つくづく猛に関しては心が狭くなる里見だ。

助手席に座っていた腰野が一人で下りて店に入っていった。数分でおにぎりやサンドイッチを買ってきた腰野は、助手席に戻るなり「若頭…」と声をひそめて振り返ってきた。

「店内に、石原の一味だと思われる男がいます」

「なに？」

「週刊誌の棚の前で立ち読みしている男です」

言われた場所を車内から見遣る。たしかにスーツ姿の男が一人、雑誌を立ち読みしていた。どこにでもいそうな平凡な顔立ちだが、見覚えがある。

「こんな時間にここでなにをしているんですかね。ただの買い物だとしても、この近くに住んでいるとは思えませんが」

男はこちらに気づいていない。そもそも熊坂組には警戒していても月伸会にマークされているとは予想もしていないだろう。熊坂組の組員は一目でヤクザとわかる格好をしている者がほとんどだ。いま買い物に行かせた腰野は会社員にはふさわしくないようなダークスーツを着てはいるが、特に強面でもなく、威嚇《いかく》しながら歩いていたわけでもない。男が気づかなくても当然だろう。

石原吉成という男をリーダーとした土地ころがしグループは、もともと西日本で活発に動いていたらしい。派手に稼ぎ過ぎて仕事が荒くなったのかどうかわからないが、地元のヤクザと一触即発状態になり、いったん解散した。それが半年前のことだ。それ以降、石原たちは西日本に現れていない。

そこまでは調べがついていた。

半年という冷却期間を置いて、やつらは東京に現れた。河岸《かし》を変えたということだろう。

石原たちは熊坂組のシマに狙いをつけて動きはじめたが、実は根城はまだ判明していない。どうしていきなりここに現れたのかも、わかっていない。これはチャンスかもしれない。

「だれか呼べ。尾行させろ」

「わかりました」

腰野はすぐに携帯電話で電話をかけた。呼び出した者が到着するまで、里見はそのまま動かずに待つ。石原の一味の男は立ち読みを続けていて動こうとしなかったので、助かった。十分ほどで黒っぽい軽自動車に乗った別の舎弟が到着した。里見の席から、その舎弟の様子が見える。極道と悟られないように、地味なトレーナーを着ていた。サラリーマンが帰宅後にちょっと夜食を買い物に来たという雰囲気を作っている。

「よし、車を出せ」

里見が命じるとベンツはゆっくりと発車した。マンションまではすぐだ。

「何時になってもいい、報告させろ」

「わかりました」

すぐにマンションに到着し、エントランス前に停車した。

「おい、猛、起きろ」

うーん…と口をむにゃむにゃと動かして猛はぼんやりと目を開けた。何度かまばたきをして、猛は里見を見た。

「俺、寝てた？」

「がっつりとな」

「あれ、どこかに寄った？　時間が……」

事務所を出てから予想外に時間がたっていることに気づいた猛が首を捻る。里見は助手席からコンビニの袋を受け取り、「下りろ」と猛の脇をつつく。

「やめろよ、くすぐったい」

まだ半分寝ぼけているのか、へらへらと笑っている猛とともに車を下りた。酔っ払いのような猛の手を引いて、マンションに入る。エレベーターの中でも猛は笑っていた。どうやら、寝る前の状況を忘れているらしい。これは思い出させないとなるまい。

玄関を開けて、二人ともに部屋に入ってから、「さて」と里見はひとつ息をついた。

「猛、そこに座れ」

里見が床を指さすと、猛はきょとんとした顔で見上げてきた。意味がわからない、と顔に書いてある。そのつぶらな瞳がかわいすぎて負けそうになったが、里見は意識して無表情をつくった。

「座れ」

「…………はい」

「正座だ、バカ者」

「えっ」

あぐらをかこうとした猛に正座をさせる。フローリングの床だ。ラグが敷かれていない部分に、わざと座らせ、そこから絶対に手が届かないテーブルの上に、コンビニの袋を置いた。中身はおにぎりなどの食べ物だとわかるように。空腹なはずの猛の視線は、コンビニの袋に釘付けだ。

「今日、俺の言いつけを破って、外出したな。それについての釈明は？」

「あ、ああ、それか……」

なぜ正座をさせられているのか、猛は本当にわからなかったらしい。とんでもなく鈍くて、とんでもなく庇護欲をそそる、凶悪な人間だ。もうどうしてくれよう。

「その……里見の許可を得ずに、勝手に出かけたことは悪かったと思っている。でも、暇だったし、やっぱり事務所が気になったから……」

「おまえを襲ったヤツがまだわかっていないのに、それだけの理由で外に出たのか」

「それだけってことないじゃないか。ずーっとここに閉じ込められてて、苦痛だったんだよ」

不満そうに唇を尖らせる猛は、目を逸らさなければ里見の方が耐えられなくなるほどに蠱惑的《こわくてき》だった。ここはガツンと叱らなければいけない場面だぞと、理性が里見を励ます。

「移動はミケを呼んで車を使ったし、事務所からは一歩も出なかったんだから、いいじゃないか。組のみんなは俺を待っててくれたみたいで、すごく喜んでくれた。ひさしぶりに麻雀やって、俺、五百円も勝ったんだぞ」

バカすぎてため息しか出ない。だが、このバカにメロメロなのは自分だ。里見はおのれがダメすぎて、がくりと項垂《うなだ》れた。月伸会の若頭にここまでダメージを与えられるのは、いまのところ猛だけだろう。

「……里見、足が痛い……」

慣れない正座がもう辛くなってきたようで、猛はもじもじと尻を浮かせている。

「なあ、それって、俺に買ってくれたんじゃないのか？」

それとはテーブルの上の食料だろう。たしかに猛のためにと買ったが。

「食べていい？」

「まだダメだ」

「どうしてっ」

「説教タイムは終わっていない」

「説教なら山岸から五時間も受けたよっ！」

キーッと猛は変な声を出してじりじりと膝で前進してくる。テーブルめがけて。

「おまえが呑気すぎるから、これは体罰だ。もうしばらく正座していろ」

「痛いよ。もう痛いっ。里見の鬼！」

「鬼で結構」

ふんと里見は鼻で笑った。悔しそうに口をへの字に曲げる猛もかわいい。あと何分くらい正座できるかなと里見が時計を見たときだ。スーツのポケットで携帯電話が震えた。表示を見てみると腰野だ。

『若頭、さっきの男の行き先がわかりました』

「どこだ」

『コンビニから徒歩で十分くらいの一軒家です。驚いたことに区議会議員の自宅でした』

「なに？」

区議会議員の自宅？　どうしてそんなところに。もしかして土地ころがしに議員が一枚噛んでいるということか。

「リーダーの男は？　そこにはいないんだな？」

『そこまではわかりません。張り込んでみます』

通話を切って、里見はしばし考えこんだ。こんなに近くにいたとは。しかも議員宅――。

議員と繋がっていたとしたら、なにが想定できるか。土地の売買に関わることで……といえば、公共事業の情報だろう。熊坂組のシマで、数年のうちにデカい公共事業があるのかもしれない。しかも現在では未発表の。

そうだとしたら、なぜ猛を襲った？

やつらの狙いは土地で稼ぐことだろうが、そうなると地元の熊坂組は邪魔だろう。西日本で地元ヤクザと揉めた経験があるなら、警戒するのは当然だ。熊坂組は昔ながらのヤクザで地元住民とも親しい。なにかトラブルがあれば穏便に解決するよう働きかけるような組だ。石原たちが進出してきたのを嗅ぎつけたら、熊坂組がどう出るか――それが知りたくて、危険を覚悟で組長の猛を様子見で襲ったとしたらどうだろう。

猛のケガはたいしたことがなかった。殺すつもりだったとは思えない。ただの脅しか、反応を見るためだけだったとしたら？　組長が襲われたのに熊坂組は表立って騒ぎを起こしていない。色めき立つ組員たちを水貝が抑えているからだ。きちんと調べるから、おとなしくしていろと命じたのは里見だが。

考えこんでいた里見は、ガサッとビニール袋がたてる音に、ハッと顔を上げた。膝立ちになった猛がテーブルの上からおにぎりを摑んでいるところだった。

「おいこら、なにをしている。俺はまだ許してないぞ」

「だって、だって、腹がへったんだよ。もういいだろ？　すごーく反省してるから、もう勝手に外に出ないから」

「そんなの信じられるか。その場しのぎの口から出まかせだろう！　いまのおまえは食欲を満たしたいばっかりだ！」

「里見のバカ、いじわる！」

ぎゃあぎゃあとわめく猛から、里見はおにぎりを取り上げた。そのまま正座を続けさせる。

「これが欲しかったら、あと三十分、正座で反省しろ」

「三十分？　無理だよ、もう無理。あと一分だって無理！　足痛い！」

「我慢しろ。でないと、心から反省したとはみなさない」

「里見ぃ……ごめんなさい……」

涙目になった猛は、ぷるぷる震えていて小動物のようだ。里見が絶句してしまうほどのいじめてフェロモンが漂っている。

「痛い、痛いよ、痺れてきた」

「が、我慢しろ……」

「ホントに反省してるから。お願い、許してよ」

猛は眉尻を下げ、半泣きになりながら懇願してくる。たまらない光景だ。

「痛い、痛いよ、もうダメ、あっ、もう……っ、じんじんするっ」

「おい」

「おねがい、里見、おねがいだから、もう、もう……っ、我慢できないよぅ、あっ、あんっ」

猛は正座しているだけなのに、声だけ聞いているとセックスの真っ最中だと勘違いしかねないセリフのオンパレードだ。

「じんじんして、ずきずきする」

擬音はやめろ。

「もう、感覚ないよ、痛いよぅ」

「あっ、コラッ！」

ついに猛はころんと転がった。まだ許していないのに。

「痛たたたた、マジで痛いーっ」

猛は両足を投げ出して痺れに耐えている。正座の猛は眼福だったのに途中で勝手にリタイアするなんてけしからん。ムカついたので里見は投げ出された足に触ってやった。とたんに猛は悲鳴を上げる。

「ギャーッ、触るな、触るなーっ！　いま痛いから、痛いからっ！」

「どこだ。ここか、それともここか？」

「ギャーッ、ギャーッ、痛いーっ！　だから触るなって言ってんだろっ！」

指先で足に触れるだけで猛がわめく。足にスイッチがあるオモチャのようだ。これはこれで面白い。

「俺がマッサージしてやろう」

「いらない、いらないっ」

「遠慮しなくていい」

「触るなーっ」

猛の悲鳴はしばらく続いた。

「なあ、水貝」

猛は逡巡《しゅんじゅん》したすえに、電話をかけ終えたばかりの側近にためらいながら声をかけた。

「なんですか。いまから出かけるんで、手短にお願いしますよ」

「出かける？　さっき戻ってきたばかりだろ」

スカイツリー柄のアロハシャツの胸ポケットから矢印みたいな形の変なサングラスを取り出した水貝は、「あのね」と猛を振りかえる。

「俺は忙しいんすよ。わりとね。ここでダラダラしていていい組長とちがって」

「ダラダラってなんだよ。じゃあ俺も連れて行けよ。どこ行くんだ」

「あんたを連れていけるわけないでしょ。若頭が事務所でじっとしているならいいっつって、外出を許可したんだから。暇ならミケたちと麻雀でもしててくださいよ」

「おまえはいつから里見の舎弟になったんだ。俺を優先しろよっ」

「限りなく優先してます。はいはい、話を聞けばいいんでしょ。なんですか」

水貝はソファでだらしなく寝そべっていた猛の対面に座った。猛は体を起こして、俯く。さあどうぞ、と促されて、猛は口ごもった。

「……あのさ、里見のことなんだけど……」

「はい」

「俺って、やっぱり遊ばれてんのかな……と思うわけ」

ここのところの最大の悩みごとを告白したのに、水貝は「はぁ〜」とため息をついた。さっと立ち上がってしまった水貝を、猛は「えっ」と見上げる。

「くっっっだらない話で俺を引き留めないでくださいよ、もうっ」

「くだらない？　いまくだらないって言ったか？　これのどこがくだらないんだよ！　深刻だろ！」

「若頭も俺も、いま、あんたを襲撃したヤツらを追いかけてんすよ。今日か明日には一味を拉致ってこようかってときに、なにを根拠に言ってんのか知りませんが、そんなことでくよくよ悩まんでください」

「だって、だってさ、里見が俺をいじめるんだよ。このあいだは反省しろって正座させて、俺が泣いていやがってんのに痺れた足を触るし、トイレは覗くし、あげくに昨日の夜なんか、家にいるあいだは、俺に、その、は、は、裸ですごせって命令したんだぞ！」

猛はそのときのことを思い出しただけで真っ赤になった。どんなに恥ずかしかったか、里見が意地悪だったかを水貝に訴えたい。そして助けてほしい。

「俺は絶対にいやだって言ったのに、あいつ、あいつ………」

「ああもう、はいはい。あんたたちの性生活はべつに知りたいと思わないんで、説明しなくていいです。勝手にいちゃいちゃしててください」

「いちゃいちゃじゃない。あんなの、俺は……」

「そんなにいやならはっきり拒めばいいでしょうが。どうせ組長は口ではイヤイヤ言いながら、体は若頭を受け入れちゃって、結局はあんあん言っちゃって、気持ちよく最後までやっちゃうわけでしょう？　しかも、おかわりして二回とか三回とか」

「おまえ、見てたのか……っ」

言い当てられてガーンとショックを受けた猛を、水貝は鼻で笑った。なぜか遠い目になる。

「あーあ、もう……。こんなヒトだから、若頭もハマってんだろうけど、なにかまちがってるような気がするんだよな……」

「なにが？　おい、まちがってるって？」

俺のこと？と不安全開の猛の肩を、水貝が優しくぽんぽんと叩いた。

「組長、とっておき情報です。トイレを覗かれたり裸でいろとか若頭に命じられたりした件ですが」

「あ、うん」

「羞恥プレイって知ってますか」

「し、し、羞恥、プレイ？」

聞いたことはある。これでも二十八歳の男だ。

「あんたは、それをやられているだけです」

「ええ——っ、マジで？　あれって、プ、プ、プププ、プレイのひとつだったってこと？」

「そう。だから若頭は……まあ、ある意味、遊んではいるんでしょうが、あんたをオモチャにしているわけじゃないっすよ。構いたおして欲望を満たしているだけですね、きっと」

別の意味で衝撃を受けている猛を残して、水貝はさっさと出かけていってしまった。

しばし茫然としていた猛は、力なくソファに腰を下ろす。水貝からのとっておき情報が頭の中をぐるぐる回っていた。あれがプレイだったのなら、いままでのアレコレもすべてプレイだったということだろうか。

思い返してみると、里見は猛を恥ずかしがらせることが多かった。猛が羞恥のあまり真っ赤になって涙目になると、里見は息を荒くして圧《の》しかかってきていなかったか？　昨夜の「裸でいろ」というきなりな命令も、羞恥プレイだったとしたら――。

猛の悩みは無駄だったことになる。だからといって、猛はなにも変えられない。すべてがプレイの一環だったかもとわかっても、恥ずかしいものは恥ずかしいし、里見が意地悪なのはおなじだ。里見は頭がいいだけに、つぎからつぎへと猛がいやがることを思いつく。

おかげで里見がマンションに泊まるようになってから、夜の生活は充実している。ケガが治るまで手を出してこなかった里見だが、外出ＯＫになってからは遠慮なくいやらしいことを仕掛けてくるようになっていた。

昨夜も全裸での生活を強要してきて、抵抗する猛から下着まで奪い取った。せめて下着をくれとお願いしたら、変なレースのパンティを出してきたのだ。あろうことか、それは男性用だという……。

無理やり穿かされて泣きそうになった。ペニスが透けて見えて、とんでもなく卑猥《ひわい》だった。しかもレースが肌にちくちくして不快このうえない。

脱ぎたかったら奉仕しろと命令されて、猛はその格好で里見をくわえたのだ。結局は二人とも興奮して、本格的にセックスに突入。レースのパンティを穿いたまま横から挿入されて、猛は死にそうなほどに感じて、その状態で二回もいかされた。もうなにも出なくなってからも責められ続けて泣かされて、最後は失神するように眠った。おかげで今日は尻に違和感が残っている。体もだるい。これがめちゃくちゃにされるということなのか。

里見は多忙なはずなのに、どうしてあんなに元気なのだろう。なにを食べたら、あんなに精力がつくのか。里見に付き合っていると体力がもたない。体格が大人と子供ほどにちがうのだから、ちょっとは手加減してほしいものだ。

ああでも、里見が求めるなら応えたい。猛以外の人間で発散されるのはいやだ。

「……構いたおすってことは、俺のこと、好きでいてくれてるってことだよな……」

いくら性欲を満たすためでも、あの里見が嫌いな男を抱き続けることはしないだろう。なにせより取り見取りだ。

さすが水貝、とっておき情報のおかげで、落ちこんでいた猛はすこし浮上した。

「組長〜」

ノックがしてドアが細く開いた。三池が顔を覗かせる。

「もしよければ、麻雀します？」

「する」

猛はぴょんとソファから立ち上がり、足取りも軽く部屋から出た。たぶん水貝が出がけに、猛が暇そうだから遊んでやれとかなんとか、留守番組に声をかけていってくれたのだろう。一人で組長の部屋にこもっていてもつまらないので、猛は雀卓を囲むことにした。


デスクの上に広げられた地図を、里見は見下ろした。赤い線で囲まれた部分は小学校だ。

「少子化による小学校の統廃合か……」

青ペンで水貝がキュキュキューーッとばかりに小学校から二百メートルの範囲を線引きした。月伸会本部の中で水貝は浮いているが、本人はまったく気にしていないようだ。ダークスーツばかりの里見の舎弟たちに囲まれても、一人だけアロハシャツで堂々としている。

「若頭がコンビニで見つけた男が、区議会議員の遠縁だったっつーのは、すげぇ偶然っすよね。やっぱ強運だ」

「俺だけの強運じゃないかもしれないがな。あのとき猛も一緒にいた」

寝ていたが、と心の中だけで付け足す。

「まあ石原吉成とウチのシマが、これで繋がりましたね。あいつらはこの小学校が廃校になるって聞きつけて、こっちに進出してきたわけだ。学校があるとまわりの土地は文教地区の規制区域になって、建設可能な建物が制限される。規制されると結局、住宅街くらいにしかできないけど、学校さえなくなれば、なんでもできるから。ゲーセンだろうとキャバクラだろうとラブホだろうと」

水貝は変な形のサングラスを指先でぷらぷらさせて弄びながら、語る。

「区の議員からいち早く廃校の情報を仕入れた石原は、周辺の土地を発表前に買いあさるつもりだった、と」

「廃校になるのはいつの予定だって？」

「三年か五年後ってとこじゃないっすか。正確な時期はまだ表に出てきてないっすね」

少子化って切ないっすねーと水貝が呟くのに、里見は頷いた。この小学校は猛が通ったところだ。聞いたらきっと悲しむだろう。

「それで、どうしますか」

水貝に訊ねられて、里見は目を眇《すが》めた。宝石のような輝きを放つ青灰色の瞳には、ひさしぶりに月伸会若頭らしい酷薄な光が宿っている。水貝と腰野たちは、里見が金勘定をしているだけの男ではないことを知っていた。組のため、猛のためなら、どこまでも残酷になれる極道だった。

「どうもこうも……とりあえず、ご招待願うさ」

「殺《や》っちゃう？」

茶化すような口調で水貝が確認してくる。里見はふっと苦笑した。

「少々痛めつけるだけだ」

「へぇ、ウチの組長を襲ったヤツかもしれないのに、ずいぶんとお優しいことで。眞木里見ともあろうお方が」

「黙れ」

里見は射殺すほどの強さで水貝を睨んだ。さすがのお調子者も口をつぐむ。

「殺さない。あっさり殺したら面白くないだろ。ゆっくりといたぶって反省させて、二度とバカな真似はしないと誓わせてから、その後の処分を考える」

「あー……はいはい、そういうことね……。それって、ヤツらにしたら一思いに殺してくれた方が楽…って感じじゃないの」

里見に睨まれても水貝は完全には黙らなかった。さすが熊坂組の幹部だ。どこかネジが抜けているのか、はたまたあの組長を担いでいかなければならないと覚悟を決めているから度胸が据わっているのか。

腰野たちが呆れた目を向けていることに気づいているだろうに、水貝は飄々《ひょうひょう》としていた。

「それで、水貝。石原たちは、俺がもらってもいいんだな？」

「とりあえず、オレたちに一発ずつ殴らせてください。それでいいっす。身柄をオレたちに譲ってもらっても、どうせ手に余るんで。若頭が好きにしちゃってください」

「では、ありがたくいただこう」

里見が微笑んだが、それは麗しくもぞっとするほど凶悪な笑みだった。

その日、いつもより遅くマンションに帰ってきた里見は、近来稀にみる上機嫌だった。

「おかえりー」

玄関まで出迎えた猛を気障《きざ》な仕草で抱きしめて、額にちゅっとキスをするくらいに。

「風呂、済ませたのか。髪が湿ってる」

「うん。だってもう十二時だぞ。遅くなるならなるってメールのひとつでも送れよ」

猛は待ちくたびれてもう寝ようかと思っていたところだ。Tシャツの上にパーカーを羽織って、下はジャージという格好になっている。

里見の身になにかあったのかと心配したが、連絡がなにもないのも無事な証拠だったりするので部屋でじっとしていた。

「なにかあった？」

「いや、なにも」

「なにもってわけはないだろ。なんか変だぞ」

驚いたことに里見は鼻歌まじりで「変か？」なんて答える。スーツのポケットから四角い紙を出してテーブルに並べるのを、猛はなんとなく見下ろした。

「なにそれ」

「バカなヤツらの写真」

隠し撮りだとわかる写真が五枚。すべて三十代と思われる年頃の男たちだった。みんなスーツを着ていて、平凡な会社員にしか見えない。

「この中に見覚えのあるヤツはいないか？」

「この中に？」

そう言われて、猛は一枚ずつ真剣に見ていったが、これといって記憶にヒットしない。

「ない……と思うけど」

「そうか。まあ、それならそれでいい」

「そいつら、なにやったわけ？」

なんの関係もない男の写真を里見が持っているわけがない。なにかやらかして月伸会に追われる身になったのだろう。それがなんらかの解決をみて、里見はこんなに機嫌がいいのでは、と猛は予想した。

「おまえを襲ったヤツが、この中にいると思う」

「えっ？」

猛はびっくりして、あらためてしげしげと写真を眺めた。何度見ても、見覚えはない。あのときのことはまったく蘇ってきていなかった。

「そんな凶悪な人間には見えないんだけど、こいつら、なんなの？」

「悪徳不動産屋」

「悪徳？　素人ってわけじゃないだろ？」

「完全な素人ってわけじゃない。かといって玄人でもない。中途半端なヤツらだよ」

そこで里見は説明してくれた。少子化のため猛がかつて通っていた小学校が廃校になること、規制区域ではなくなることを知って西日本を拠点としていたこの男たちが土地を転がすために来たこと、区議会議員と繋がっていること、この五人はすでに月伸会が拉致して、監禁していること。

「ふーん……」

猛はちらりと里見の手を見た。右手の甲がわずかに赤くなっている。拳を握って人を殴った痕だろう。里見はこの男たちにみずから制裁を加えたのだ。だからいつもより帰宅が遅れたのか。

そんなことをするなとは、猛も極道なので言わない。猛はこう見えても立派なヤクザだ。しかも熊坂組という歴史ある暴力団の組長をやっている。そうと知っていて彼らが猛に危害を加えたなら、報復されるのを覚悟しなければならない。

「……殺るの？」

「いや、そこまではしない」

「じゃあ、どうするつもり？」

「こいつらがこっちに来る前に荒らしていたのは西日本だ。そっちの組が、こいつらを探している。連絡を取って、引き渡すことになると思う。西のヤツらはそうとう頭にきているみたいだから、きれいに成敗してくれるだろうさ。まあ、引き渡しは、俺がたっぷりと反省を促した後になるけどな」

「反省……」

いやな言葉だ。猛はどうしても正座を思い出す。この男たちは正座どころではない苦痛を味わわされているだろうが。

「猛も一発殴りに行くか？　水貝たちはもう済ませたぞ」

「済ませた？　殴りに行ったのか？」

「それで気が済むと言ったからな。おまえも望むなら、監禁場所までエスコートするぞ」

「うーん……遠慮しておく」

猛はこの男たちが自分を襲ったという実感がまったくない。怒りは湧かなかった。

きっといまごろは写真とは人相が違ってしまっているくらいの暴行を受けているだろう。あまり見たいとは思わない。

「里見と水貝たちが殴ってくれたんだろ？　だったら俺はいい」

「そうか？」

うん、と猛は頷き、里見に抱きついた。猛のために動いてくれたのだ。猛が襲われてしまったせいで、里見の仕事を増やしたようなものだった。

「ごめんな。ありがと……」

「当然のことをしたまでだ」

「でも、うれしい」

素直に感謝の気持ちを伝えると、里見は優しい微笑みを浮かべ、猛にキスをしてきた。軽く触れるだけのキスを、何度も何度も落としてくれる。

「猛の母校が廃校になるっていうのは、寂しいニュースだったな」

「ああ、うん、びっくりした。そっか、廃校になるんだ……」

少子化の波は熊坂組のシマにまで寄せてきているのだ。たしかに夏祭りの様子を見ていても、子供の数が減っているような気がしていた。単にいまどきの子は塾や習い事が忙しくて、夏祭りに出て来られないだけだと思っていたが、数が減っていたのか。

「廃校……」

里見にぎゅっと抱きついて、寂寥感の慰めを、ぬくもりに求める。里見の大きな手が猛の頭を撫でてくれた。

「小学校なんかに特に思い入れはなかったはずなんだけど、なくなるって聞くと、なんだか急に懐かしくなるもんなんだな。それなりに仲がいいヤツはいたけど、それとおなじくらいヤクザの息子だって陰口たたくヤツがいたし、先生たちはみんな親父を怖がって一歩引いてたし」

どんなに地元住民と親しくしていても、暴力団に嫌悪感を抱く人はいる。当然のことだ。学校で差別的な暴言を投げつけられても、絶対に暴力はふるうなと両親に言い聞かせられていたから、猛は我慢した。悔しい思いで帰宅した猛を慰めてくれたのは、母親や住みこみの若い組員たちだ。

子供心に、学校生活に大きな期待を寄せないようにしていたのだと思う。ほとんど思い出はない。

だから小学校時代の最後の思い出は、卒業式よりも里見との出会いだ。

「俺んちに里見が来たとき、俺は小六で里見は高一だったな」

「いきなりなんだ。それがどうかしたか？」

凜とした美少年だった里見。熊坂家の座敷で、外国の血が入っていると一目でわかる少年が背筋を伸ばして正座している姿に、猛は目を奪われた。青灰色の瞳に見つめられて、心臓を射ぬかれたような痛みと、そして甘ったるい痺れを感じて——。もう十六年も前のことだ。その日からずっと、猛は里見に囚われている。

「俺はおまえの小学生時代をほんの短い期間しか知らないが……」

里見も当時のことを懐かしく思い出したようで、口調が柔らかくなる。

「黒いランドセルを背負っていたな。小麦色に日焼けしていて小さくて……子ザルみたいだった」

「子ザル？　サルってなんだよ、ひどいな」

しんみりしていた雰囲気が台無しだ。ムッとした顔を上げた猛の唇に、里見がキスをしてきた。

「かわいくなかったとは言っていない」

「なんだよ、その言い方。ややこしいな」

「水貝とは小学校はちがうんだな？」

「あいつは中学で一緒になったんだよ。小学校はとなりの校区だ」

「卒業してからは、小学校に一度も行っていないのか」

「行く必要ないだろ。近くを通りかかることはあっても、なんの用事があって行くんだよ。会いたい先生なんていなかったし」

「そうはそうだな。俺も小中高と、卒業してから母校なんかに足を向けたことはない」

里見も猛と似たり寄ったりの子供時代を過ごしたはずだ。どれだけ容姿がよくてもヤクザの息子で、高校一年からは熊坂家に引き取られたのだから。

「ちょっと散歩に行くか」

「へ？　いまから？」

「おまえも来い」

里見は強引に猛を連れ出した。里見は帰宅したばかりなのでスーツ姿だが、猛はラフすぎる格好だ。近所のコンビニくらいなら行けるが、それ以上はいやだなと思っていたら、行き先は小学校だという。

「なんで小学校なんだよ」

「ささやかな感傷だ」

スーツの里見と風呂上がりの猛という変則的な二人連れが、夜道をぶらぶらと歩いていくことになった。しかも手を繋いで。

里見はものすごく機嫌がいい。浮かれている。それほど猛を襲った一味を捕まえたのがうれしかったのだろう。だが月伸会の若頭が無防備に夜道をそぞろ歩くのはどうかと思う。猛の危険は去っても、里見は常に警戒しなければならない身のはずだ。

猛は途中でちらりと背後を振りかえり、なんだ…と安心した。月明かりでアスファルトに影ができるほどの夜だ。里見の舎弟だろう、腰野や高洲、見たことのあるダークスーツの男が数人、きちんと後をつけてきているのがわかった。

中秋の名月っていつだっけ——と、里見に手を引かれながら丸い月を見上げる。

深夜の住宅街をゆっくりと二人で歩き、二メートルのフェンスで囲まれた小学校にたどり着く。門はぴたりと閉じられていたが、鍵は南京錠だった。サイズが大きいのでいかにも施錠しています、部外者は立ち入り禁止と威圧感を放っていたが、これではセキュリティ上問題ありだ。

里見は猛の目の前でピンを取り出すと、ものの数秒で開けてしまった。猛も道具があれば簡単な南京錠くらいは開けられるが、もうすこし時間がかかる。里見はなんでもできるんだなと感心してしまった。

「なあ、校舎の中に入るのか？」

「さすがにそれはまずいだろう」

生徒用の玄関には国内でわりと知られているセキュリティ会社のステッカーが貼られていた。ガラスを割ろうものなら、セキュリティ会社の人間が駆けつけてくるだろう。

「猛、おいで」

手を繋ぎなおして、真っ暗な校舎を見上げながらぐるりと歩いた。懐かしさはあるが、やはり辛かったことも思い出してしまう。

「六年生のとき、猛の教室はどこだったんだ？」

「一階の角」

猛が指をさすと、里見がそちらへ視線を向ける。月光を浴びて、里見の濃い蜂蜜色の髪がいつもより薄い色にキラキラと輝いていた。まるで王冠を戴いているような神々しささえ感じる。猛は見惚れた。感傷なんてどうでもいい。猛にとって、いま目の前にいて手を繋いでくれている里見の方が大切だった。

里見は猛の王だ。小学生のときに、自分の一生を支配する王に、猛は出会ってしまったのだ。

「猛？」

里見が振り返って、怪訝そうな声で呼びかけてくる。自分がどんな顔をしているかなんて、わからない。ただ、里見を崇拝するような、身も心も捧げてしまいたくなるような、そんな気持ちでいた。

「猛………」

里見が呆れたようなため息をついて、猛の頬に手を滑らせてきた。里見の眉尻が下がっている。困ったときの顔だ。なにかまた失敗しただろうか。

「こんな場所で、そんな目で人を見るもんじゃない」

猛はただ、里見を愛しいと、こんな男は二人といないと、そんなふうに思っただけで――。

里見がチッと舌打ちした。

「あっ、ん」

攫うように腰を抱かれて、くちづけられた。小学校の校舎の前で、濃厚なキスを交わす。重ねた唇が、絡めあう舌が、痺れるほどに感じた。追いかけっこをするように舌で戯れ、歯茎をなぞる。唇を甘く噛まれると背筋がぞくぞくと震えた。

「……猛……」

里見の唇は猛の首筋を這い、耳の下を強く吸ってきた。切なく喘ぐと、耳朶《じだ》を噛まれる。

「あっ、ああっ、やだぁ」

耳をそんなふうにされると猛は弱いのだ。燃えるように耳が熱くなって、もっと噛んでほしくなる。

腰を抱いていた里見の手が猛のTシャツの下に入りこみ、淫らな手つきで素肌を撫でまわした。気持ちいい。

「はぁ、ああ、……里見ぃ…」

夜中でだれもいないとはいえ、ここは教育の場だ。やってはいけないこと、という道徳的な戒めは、猛の頭には生まれなかった。自分の部屋ではないというだけだ。

「あ、あっ、あ」

指で乳首を摘まれて、猛は甘い喘ぎをこぼした。刺激を受けて尖った乳首が、さらにこりこりと指で揉まれ、たまらない快感が全身へと広がっていく。腰野たちに見られているかもとは思ったが、もう止まらなかった。

「さ、里見、里見っ」

植込みの影に連れこまれ、猛はさらに里見の愛撫に揉みくちゃにされた。ウエストゴムの緩いボトムの中に里見の手が入ってくる。半ば勃ちあがっていたものを直接握られて、一気に固くなった。

「あ、あ………っ」

「猛、もう濡れてる。感じたのか？　俺を、感じた？」

こくこくと頷き、猛は足が萎えそうになって里見の首に縋りつく。

「感じた、すごく、感じて………っ」

「猛……」

「里見、里見、あっ、ああっ」

前を嬲っていた手が後ろへ伸びて、窄まりをつついた。それだけで快感が走り、もっとしてと、催促するように猛は尻を振った。期待に疼くそこは、刺激に反応して勝手に開いていく。だが女ではないから濡れない。

「くそっ、なにも持ってないぞ」

ここに入れたいのに潤滑剤になるようなものがないと、里見が残念そうにつぶやく。

「いいから、入れてほしい……」

「ダメだ。猛が傷つく」

それならと、猛は里見の前に膝をついた。性急な手つきで里見のベルトを外し、ファスナーを下ろす。猛がなにをしようとしているか察して、里見は黙って猛の後頭部に手を添えた。

「んっ…………」

里見はもうかなり高ぶっていた。臍につくくらい勃起して先端を濡らしているものを、猛はためらいもなくくわえる。ぺろぺろと亀頭を舐め、唾液をまぶしながら幹を横ぐわえする。ふたつの袋もやさしく揉んだ。

「くっ………う………」

里見の息が乱れていくのを感じて、猛はもっと大胆に舌を使った。これが好き。これが好き。想いをこめて舐めていく。

やがて里見に「もういい」と顔を上げさせられた。校舎に手をついて尻を突き出すようにしろと命じられ、猛はその通りにした。

剝き出しにされた尻を広げられ、露わにされた窄まりに里見が屹立をあてがう。ゆっくりと押し入ってくる大きなものに、猛は身悶えた。そこで繋がる行為にはもう慣れているはずなのに、今夜の里見はひときわ大きいような気がした。

「んっ…………ん、きつ…………」

「痛いか？」

「大、丈夫、もっと………奥に、きて…………」

「猛……」

上ずった声とともに下半身を揺さぶられ、ぐっと奥まで凶器のような肉塊が突きこまれた。体中が里見でいっぱいになったような感覚に囚われる。苦しいけれど、こんなにも求められているという充足感に心が震える。

「猛、すごい……中がうねって……くっ」

「あんっ」

里見がいきなり強く突きあげてきた。まだ大きさに馴染んでいない粘膜が引きつれて痛みがあったが、乳首を弄られる快感に紛れるていどのものだった。

「あっ、あっ、あっ」

里見の強靭《きょうじん》な腰が激しく突き上げてくる。すぐに猛の体は順応して、里見の激しさについていこうとした。切なく疼くそこを凶暴なものでかき回される快感は、いつも猛の理性をぐずぐずに突き崩してしまう。

「ああ、ああ、里見、そこ、そこいい、あんっ」

「猛……」

背中にしがみつくようにされて、猛は愛を感じた。里見に愛されている。里見を愛している。この男は自分のもの。自分も、すべて里見のもの。

そう思うだけで神経が焼き切れそうなほどの快感に包まれる。

「ああ……っ」

我慢できなかった。体の中を駆け巡る官能の嵐に、猛はほとんど触られていない性器から白濁を迸らせた。校舎の外壁を体液で汚す。

「里見、里見ぃ、ごめ、いっちゃ、いっ……ちゃった……」

いったばかりの敏感すぎる体をさらに激しく責められながら、猛はとぎれとぎれに謝った。萎える間もなく次から次へと快感で埋め尽くされていく。またすぐにでもいってしまいそうだった。

「待っ、待って、いくから、また、いっちゃうからっ」

「いけよ。何度でも、いけばいい」

里見の動きにあわせて揺れていた猛のペニスが、大きな手で鷲掴みにされた。

「あんっ」

体液で濡れているそれをぐちゅぐちゅと乱暴に揉みしだかれる。後ろと前と乳首を同時に嬲られて、猛は声もなくのけぞった。さらに、また耳を軽く噛まれて繋がっているところをきゅうっと締めてしまう。締めつけに逆らうように里見が動くから、抉られたところが快感に蕩けた。

「……くっ、猛……」

蕩けた粘膜を里見がさらにかき回してくれる。

「い、いい、いいよぅ、里見ぃ」

「猛……」

耳の裏、耳の下、弱い首筋のあたりを強く吸われて、気持ちよさに拍車がかかる。後ろを埋め尽く

して、傍若無人《ぼうじゃくぶじん》に振る舞っている里見の屹立の固さと大きさと熱さで頭がいっぱいだ。

「すご、すごい、里見、あーっ、あっ、もっとぐにぐにして、そこ、そこ……っ」

「やめろ、猛」

「ぐにぐに、ぐにぐにして、ぬるぬるになるから、ああっ、あんっ、とろとろになっちゃう、あっ」

「頼むから、擬音はやめてくれっ」

里見がなにかを言っているが、猛はもう理解できるほどの余裕がない。里見の腰使いがいっそう激しくなった。

「ああ、また、またいく、いく……っ」

里見のペニスをくわえこんで離さないあそこから、頭がどうにかなってしまいそうなほどの快感が湧いてくる。涙が勝手にこぼれた。

「ああ、ああ、もういく、いく……」

「俺もだ」

「いっぱい、出して、里見ぃ、出して、中に、出して」

「わかってる」

「どくどくって、たくさん出して、ぐちゅぐちゅにして……っ」

「う、くっ……」

猛のうなじに顔を埋めた里見が呻いた。体の奥の方で熱いものが迸るのがわかり、ほぼ同時に猛も達していた。どくん、どくんと中に出されている。里見の情熱を受け止めながら、猛はそれにも感じてびくびくと全身を痙攣させた。何度も軽い絶頂を味わい、その甘美すぎる余韻に陶然とする。

二人はほぼ同時に息をつき、濃厚な情事の名残を惜しむようにしばらくそのまま動かなかった。

「猛……」

背後から頬にキスをされて、猛は振り返って苦しい体勢で唇を重ねた。ゆっくりと繋がりを解くと、注がれた体液がとたんに後ろからこぼれ落ちそうになる。

「あっ……」

思わず手で押さえてしゃがみこんだ。植込みの下には芝生が敷かれている。そこにぺたりと座った猛に、里見がポケットからハンカチを出して尻を拭いてくれようとした。

「いや、いいよ、自分で拭くから。それ貸して」

「俺が拭いてやる」

さっきまでとんでもない痴態をさらしていたのだからいまさらなのかもしれないが、恥ずかしい。

「ダメだって。自分でやるから、触るなよ」

「遠慮するな。俺が汚したんだから」

ときどき里見は後始末までやりたがるから困る。やりすぎて失神したとき、気がつくと体がきれいになっていることがあるから、里見が後始末をしてくれたのだろうが、あまりうれしくない。尻なんて本来は人に見せるものじゃないのだから。

「はやく拭かないと」

「だから恥ずかしいんだよっ。あ、こらっ、あっ……」

背中を押さえつけられて身動きできないようにされた猛は、なんと屋外で里見に尻を拭かれるという恥辱的な体験をさせられるハメになった。あろうことか拭くだけでなく、指を入れて体液をかきだそうとまでしてくる。

「やだやだ、そこまでしなくても……っ」

さんざんペニスで擦られていた感じやすい粘膜を指でまさぐられては、たまったもんじゃない。せっかくおさまっていた情欲の炎が、一気に燃え上がってしまうではないか。

「やめろって、やめ……っ、やだ、やだよもう、あっ……」

「なんだ、足りなかったか？」

「ちが、ちがう」

「おまえの中、すごく熱いな。俺の指に吸いついてくるし」

いちいち言われなくても、自分のそこが里見の指にしゃぶりついているのはわかっている。慎みを失ったはしたない動きに、猛は恥ずかしすぎて泣きたくなる。

「そんなの、知らないよ。やだ、もう……っ、あっ、んっ、くちくちしないで」

「…………」

「あんっ、やだ、出てきた……ぬるぬるしてる、里見の……たくさん……ぬるぬるして……」

弄られているうちに、中に残っていた体液が出てきてしまう。とろりとしたものを粘膜に塗りつけるようにされて、猛は芝生に爪を立てた。

「あっあっあっ、ぬるぬるが、くちゅくちゅして、ああん、あーっ」

「猛、黙れ」

「やだぁ、くちくちしないで、とろとろになる、とろとろ……っ」

「くそっ」

感じてしまったのは自分のせいじゃない、里見のせいだ。芝生の上で大股開きさせられて挿入されてしまったのは、里見がやりたかったからだ。自分は望んじゃいない。

「あーっ、あっ、いい、いいよぅ、里見ぃ」

猛はふたたび後ろで繋がって喘がされながら、心の中ですべてを恋人のせいにした。

腰野たちが若頭の青カンを目撃することになってしまい、そうとう困惑したこと、見ないようにしながらも声だけはばっちり聞いてしまったこと、終わったかなと思って近づこうとしたらふたたびはじまってしまって慌てて距離を置いたことなど、恋に溺れた二人の極道は、まったく気づいていなかったのだった。


「ご無沙汰しています」

猛が畳に両手をついて清孝に頭を下げるのを、里見は隣に座って見ていた。熊坂家の座敷に、三人は揃っていた。

「元気そうだな」

「はい、ご心配をおかけしました」

猛はかなり緊張している面持ちで座布団に座り直し、背筋を伸ばした。いつもよりずっと口調と横顔が固い。里見はそんな猛を、かわいいなとしみじみ噛みしめていた。

猛のケガが完治してもう半月近くが過ぎている。石原たちの件も一応の片がつき、猛と里見は揃って清孝に挨拶に来たのだ。月伸会の協力のもとで猛の襲撃事件が解決したことと、あとひとつ——。

「それで、改まって話ってなんだ」

清孝が切り出した。

襲撃事件のあと、猛のマンションから里見が一度も戻ってきていないことから、おそらく話の内容は察しているだろう。なんだかんだで、すでに一カ月も熊坂家に帰っていなかった。すでに同棲と呼んでもいいくらいの期間を、里見は猛と生活をともにしている。

猛の横顔が一気に青ざめた。カチコチに緊張した猛にまかせると、なかなか話が進まないだろうと、里見が口を開いた。

「会長、俺はこの家を出ようかと思っています。勝手ですみません。いままで十六年間も面倒をみてくださって、ありがとうございました」

たっぷり三十秒間は頭を下げて、清孝を見る。苦虫を嚙み潰したような表情になっていた。読みが当たったと憂鬱な気分になっていることだろう。

「ここを出て、どうする」

「猛と一緒に暮らします」

はぁ、と清孝がため息をついた。猛はビクッと肩を震わせる。

「二人で暮らすのにふさわしい家を探していますので、見つかり次第、引っ越そうかと考えています」

「…………そうか…………」

口をへの字に曲げて、清孝は一人息子を見遣る。

「猛は、それでいいのか」

「は、はいっ」

ひっくり返った声で返事をし、猛はごくりと生唾を飲んだ。カミングアウト同然の同居話だ。父親であり上部団体の会長でもある清孝を前に、冷静でいろと言っても無理だろう。

「あの………、俺に、俺に、里見をくださいっ」

がばっと猛が頭を下げた。勢いよく下げ過ぎて、座卓にゴンと額を打ちつけてしまうほど。マンガかコントの中にしか存在しないと思っていたハプニングに、里見は啞然とした。清孝もぽかんと口を開けている。

痛い…と顔を上げて片手で額を押さえながらも、猛は清孝をまっすぐ見つめた。

「里見は、親父のものですけど、プ、プライベートは、俺が全部もらいたいです。すみません。本当に、こんなことになって、なんて言っていいかわからないけど、絶対に幸せになるのでっ」

猛は鼻息荒く、言い切った。すごい。男らしいというか、無謀というか、アホというか、バカというか――。きりりとした横顔が、里見には、たまらなく愛しくうつった。

思わず微笑んでしまった里見を、清孝が疲れた顔で見遣ってくる。

「……おまえ、こんなヤツでいいのか」

「こんなヤツでないと、ダメみたいなので」

正直に頷いてみせる。清孝は魂が抜けてしまいそうな、おおきなため息をついた。

「……ここで反対しても、無駄だと俺は知っている。これでも父親だ。おまえたちの性格は熟知しているつもりだからな。引き離そうものなら、俺は二人とも、大切な息子を失うことになるだろうと思って、いままで黙認してきた」

二人とも息子だと言ってくれた清孝に、里見は深く感謝した。

「俺と月伸会には里見は必要だし、猛にも必要なんだろう。そして里見にも、猛は必要なんだな」

確認するように問われて、里見ははっきりと「はい」と頷いた。

「しかたがない。ここを出ていきたいなら勝手にしろ。二人で暮らしたいなら、そうすればいい。俺にはどうすることもできないみたいだからな」

渋々といった感じを隠しもせず、けれど清孝は許してくれた。里見と猛は揃って座布団から下り、畳の上で両手をつく。

「ありがとうございます」

万感の想いをこめて頭を下げる。

「ただし、里見の部屋はそのままにしておく。猛の部屋もまだあるがな。同居を解消して別々の生活を送りたくなったら、いつでも戻ってこい。いっぺんに二人戻ってくるなよ。どちらか一人だ。いいな」

そう茶化しながらも、清孝のあたたかな親心に、里見は胸がじんと熱くなった。

座敷を辞したあと、里見と猛は二階に上がった。東南の角が里見の部屋だ。一カ月も留守にしていたが、部屋はきれいなまま保たれていた。由香が掃除をしてくれていたのだろう。

カーテンと窓を開け、秋の爽やかな風を入れる。

「懐かしいな……」

猛が部屋の中をぐるりと見渡す。最後に猛がここに入ったのは、もう十年も前だ。里見は猛の入室を禁じていた。そのころ一目惚れから六年たち、二十歳をすぎて大人になっていた里見は、猛を愛する気持ちをもてあましていた。自分の部屋で二人きりにでもなろうものなら、我慢できずに押し倒してしまいそうだった。

その猛が、ごく自然な感じで部屋にいる。かつてあどけない少年だった猛は、スーツを着た極道になった。なんだか不思議だ。窓から屋敷の庭を見下ろす猛を、里見は後ろからそっと抱きしめた。

「……里見、下から見えるぞ」

「べつに見られてもいい」

由緒正しき極道の熊坂家は、古い日本庭園を持っている。池には優雅に錦鯉が泳いでいる。数人の住みこみの組員が、掃除をしているのが見えた。彼らがちょっと視線を上に向ければ、自分たちが見えるだろう。

どうせ同居するようになれば、いいように噂されるのだ。ここで抱き合っているのを見られたからといって、どうということはない。だが猛はそうは思わなかったようで、さっとカーテンを閉めた。

「なんだよ、見られると恥ずかしいか？」

「……親父に恥をかかせたくない……。せっかく許してくれたんだから」

清孝を気遣う猛を、里見はあらためて正面から抱きしめた。どうやら自分は、自覚しているよりもずっと浮かれてしまっているようだ。これからの二人の生活を想像すると、幸福感で眩暈《めまい》がしてくるほどなのだ。

「そうだな。悪かった。軽はずみなことはしないように心がけよう」

猛が甘えるように顔を胸に押しつけてくる。艶々した黒い髪を撫でて、つむじにチュッとキスをする。猛を促して、中央に敷かれたラグの上に座りこんだ。持っていた茶封筒から書類を出す。不動産情報だ。

「いくつか物件をピックアップした。どれも広さは十分だ。セキュリティに関しても問題ない。防犯設備が足らないところは、引っ越しまでに充実させる。どれがいい？」

「うーん……」

猛が真剣に見比べているのを、里見は幸せを噛みしめながら見守る。

ああ、かわいい。どうしてくれよう。ここではセックスできない……というか、猛は嫌がるだろうから我慢するとして、ちょっとだけでもなにかできないだろうか。早くマンションに帰りたいが、このあと由香に夕食を食べていくように言われている。あと二、三時間は帰れない。

「ん？　こっちの書類はなんだ？」

物件情報以外にも封筒に書類を入れていた。気づいた猛が引きだしている。

「ああ、それは石原たちが転がそうとしていた土地の書類。それはコピーだが、すべて俺がおさえている。これは熊坂組のシノギにすればいい」

「いいの？」

「いいさ。おまえのところのシマだろう」

「……じゃあ、もらっておく」

にこっと笑った猛は、猛烈にかわいかった。やっぱり帰るまで待てない、ちょっとだけ押し倒してもいいかなと、手を伸ばそうとしたときだった。

開け放してあった窓から一陣の風が吹きこんだ。

「あっ」

猛の手から書類が離れて宙に舞う。ひらりふわりと舞う白い紙を、猛が目を見開いて茫然と見上げた。

風がおさまってから、里見は一枚ずつ拾った。だが猛が座ったまま立ち上がろうとしない。不審に思って振り返ると、まだ茫然としている。そんなに驚くほどの風だっただろうか。

「猛？」

声をかけると、ハッと我に返ったように書類を拾いはじめた。だが動きがぎくしゃくとしている。

「どうした？」

「いや、なんでもない。なんでも……」

なにかに動揺している感じではあったが、まだ清孝の前でカミングアウトしたときの緊張が抜け切っていないのかもしれないと思う。

「あ、あの、里見。石原たちって、もうこっちにいないんだよな？」

「とっくに西の組に引き渡したぞ。そう報告しただろ？」

「そうだな、うん、そう……」

猛の目が泳いでいる。いまさら石原の所在を確かめるなんて、やはりおかしい。

「おい、いったいなんだ。いまになってから石原たちを一発殴りたかったとか言い出すんじゃないだろうな」

「ちがう。そんなことは考えていない。でも、俺……」

「でも、なんだよ」

「どうしよう……」

猛は途方に暮れたように呟き、顔を青ざめさせる。

「猛？」

「思い出した」

「なにを？」

聞き返してすぐに、里見は猛があの夜のことを思い出したんだと察した。一カ月前、猛が公園で倒れていたときのことを。

石原たちは組員の暴行を受けても、だれが猛を襲撃したのか吐かなかった。結局、犯人はわかっていない。石原たちは組員の暴行を受けても、石原たち五人のうちのだれかなのか、それとも金で雇った人間なのかすら、わかっていないのだ。それでも石原たちが熊坂組のシマで稼ごうとしたのは事実なので、だれが暴行犯なのかはっきりしなくても、里見も水貝も問題視しなかった。

だが、いまここで犯人がわかるなら、それに越したことはない。

「思い出したのか。あのとき、なにがあったか」

「うん……」

猛は両手をぎゅっと握って、項垂れた。その様子があまりにも痛々しくて、里見は逆に落ち着いた。思い出したくないほどの、酷いことがあったのかもしれない。口にするのが辛いほどの。

里見は急《せ》かしても猛の精神的負担になるかもしれないと、みずから口を開いてくれるのをじっと待った。


風に飛ばされて、ひらりひらりと舞う紙。白い紙。白い影――。

猛は思い出した。風が書類を巻きあげて、その紙が白い影となって目の前を横切った瞬間に、あの夜の、公園で倒れていた夜のことを思い出したのだ。

コンビニまで散歩がてら歩いて行こうと公園の横を通りかかったとき、猛は植込みががさがさと揺れるのに気づき、そっちに足を向けた。獣の気配がしたからだ。

たぶん猫じゃないかなと。いつもこのあたりに猫がいる。飼い猫か野良猫かはわからないけれど。

「おーい、猫？　そこにいるんだろ？」

声をかけつつ、公園の中に入り、猛はあたりを見渡した。人気《ひとけ》はない。ぐるりと見回したが動くものは見つけられなかった。なんだと残念に思いながら道に戻ろうとしたとき。

「うわっ」

白い影が目の前を横切った。木の幹によじ登っていた白い猫が、飛びかかってきたのだ。いや、猫にしたら下りようとしただけかもしれない。ただ猛は予期せぬ事態にびっくりして、積っていた落ち葉で足を滑らせた。天地がひっくりかえって、転んだと認識した瞬間、後頭部にものすごい衝撃を受けて視界がブラックアウトした。

その後、気がついたらウチダ医院のベッドの上だった。

そう、猛は猫に驚いて自分で転び、どこかに頭をぶつけて——たぶん大きな石ではないか——昏倒したのだ。打ちどころが悪かったのか、猛はそのときのことを忘れてしまっていた。

いまごろになって思い出したのは、いったいどんな神様のいたずらか。

できれば一生、思い出さなくてもよかったのに。

「猛……」

心配そうに顔を覗きこんでくる里見に、猛は覚悟を決めてすべてを話した。

猫に驚いて転んだこと、だれかに襲われたわけではないことを。

話し終わった後、里見は目と口をぽかんと開けたまま、しばらく動かなくなった。

「……なんだ、それ………」

口だけを動かしたと思ったら、そう呟いたのだ。

「マジか、マジで猫か」

「うん、マジで猫……」

ごめん、と猛は背中を丸めて謝った。里見は低く唸りながら両手で頭を抱える。

ものすごく怒られるかな、殴られるかな、呆れられて口をきいてくれなくなったらどうしよう、最悪、別れることになったら……猛は再起不能だ。

「でも、でもでも、里見、わざとじゃないんだ。記憶がぶっ飛んでいたのは本当だ。わざと黙っていたわけじゃないから」

「……それは、わかる。わかるが……」

里見は「あーあ」と脱力しながらため息をつき、しばし天を仰いでいた。数分のあいだ、そのまま里見は動かなくなる。彫像のように美しい横顔をじっと見守って、猛は審判を待つ。

「まあ、しかたがないか」

「……里見……」

「あいつらが熊坂組のシマで悪どく稼ごうとしたのは本当なんだし、実害を被るまえに防ぐことができたと思っておけばいいんじゃないか。西の組に恩を売ることもできたしな……」

「しかし」

里見は自分に言い聞かせるようにして、不本意そうながらも呟いた。

ちらりと猛を横目で見た里見は、ぷっと吹き出した。

「猫かよっ」

くくくと腹を抱えて笑いだす。想像したら笑いがとまらなくなってしまったらしく、とんでもない失態にしょんぼりしている猛の前で、里見はかなり長いこと笑い続けていた。

「もういいだろ。笑うのやめろよ」

「だって、猫だぜ、猫っ」

「うるさいなぁ」

悪いのは自分だとわかっているから好きなように笑わせていたが、だんだんと猛も腹が立ってくる。

「いいかげんに笑うのやめろよっ」

本格的に怒りがわいてきたときだ。階下から声がかかった。

「猛、里見君、お茶でも飲まない？」

由香のお誘いだ。夕食まで自由時間だと思っていたが、そうでもないらしい。ひさしぶりに実家に顔を出した猛の話を聞きたいのだろう。里見との仲を詮索されるのは嫌だが、通過儀礼だと覚悟を決めるしかない。

「いま行く」

階下に向かって返事をしてから、集めた書類を封筒に戻して立ち上がる。里見は笑いを引っこめていた。二人で顔を見合わせて、ふっと苦笑を交わし、階段を下りていった。

あとがき

こんにちは、はじめまして、名倉和希《なくらわき》です。今回は極道の世界を書きました。とはいえ、名倉が書くものですから、なんちゃってヤクザです。

雑誌掲載のお仕事をいただいたとき、担当さんから「ヤクザはどうですか」とリクエストされました。「お、いいな」と思ったのですが、名倉にはコメディの血が流れているので、どう頑張っても荒ぶるシリアスな世界は書けません。「私が書くと変なヤクザになっちゃうよ」と言ってみたら、担当さんが「いっそのこと、あり得ないヤクザを書いてみては」と――。そして「熱く青く」が出来上がりました。書き下ろしは拍車がかかっています。なんの拍車かって？　それは読んでくだされればわかるはず……（あとがきから読んでいますか？）。

熊坂《くまさか》組はあり得ないほどヌルい組です。猛《たける》は組長らしくない組長で、組員は全員が組長のファンです。なんてかわいい世界でしょうか！　あり得ねぇ！　かなり萌《も》えながら書きました。水貝《みずがい》とかミケとか、脇キャラの話も面白そうです。水貝が腰野《この》あたりとくっついたら…なんて想像すると涎《よだれ》が垂れそうです。ミケが居候させてくれていた幼馴染《なじ》みを振って、内田《うちだ》医師を押し倒すこともあるかもしれません！　オヤジ受けを飛び越して、シルバー受けの世界が！　うおぉぉぉ。はぁはぁ。ぜぇぜぇ……あまり興奮すると動悸《どうき》が。もう年です。

今回のイラストは基井颯乃《もといたつの》先生です。とってもかわいらしいヤクザを描いてくださいました。ありがとうございます。ヤクザらしくない話にぴったりです。ふふふ。

この本が出るのは連休の前ですね。今年の連休は……仕事します。ええ、いつも仕事。どこかへ遊びに行きたいです。たぶん実家には行くと思いますが、そこには弟がいます。独身のアラフォー。去年の夏コミに売り子として手伝いに来てくれました。ちょっとしたオタクのくせに「俺は普通」という顔をしている不届き者です。いえ、もしかしたら姉である私のせいでオタクになってしまったのかも…と思わないでもないので、優しい目で見守ってあげたいです。そんなことはどうでもいいですが。

えーと、なにを書こうとしていたのか忘れてしまいました。このあたりで終わりにしようと思います。

名倉はブログとツイッターをやっています。両方ともたいしたことは書いていませんが、興味がある方はペンネームで検索してみてください。

それではまた、どこかでお会いしましょう。最後までおつきあいくださり、ありがとうございました。

名倉和希

初出

熱く青く	２０１２年 小説リンクス６月号掲載作品
極道ハニー	書き下ろし

LYNX ROMANCE

閉《と》ざされた初恋《はつこい》

名倉和希 illust. 緒田涼歌

898円
(本体価格855円)

両親の会社への融資と引き替えに、大企業を経営する桐山千春の愛人として引き取られた黒宮尋人。『十八歳までは純潔なままで』という約束のもと、尋人の生活は常に監視され、すでに三年が経っていた。そんな尋人の唯一の心の支えは、初恋の相手で洗練された大人の男、市之瀬雅志と月に一度だけ逢える事。今でも恋心を抱いている雅志から「絶対に君を救い出す」と告げられるが、愛人として身を捧げる日は迫っており――!?

LYNX ROMANCE

ラブ・トライアングル

名倉和希 illust. 亜樹良のりかず

898円
(本体価格855円)

優しく純粋な性格の矢野孝司は理髪店を営んでいる。店には近所に住む槇親子が通っており、孝司は探偵業を営む父親の嵩臣と、高校生の息子・克臣から日々口説かれ続けていた。ある時、突然現れたヤクザの従兄弟・大輔に店の土地を寄こせと脅される。以来、大輔からの嫌がらせが続くが、怯える孝司に槇親子は頼もしく力になってくれた。孝司は急速に槇親子に惹かれていくが、牽制し合う二人はどちらか一人を選べと迫ってきて!?

LYNX ROMANCE

恋《れん》愛《あい》記《き》憶《おく》証《しょう》明《めい》

名倉和希 illust. 水名瀬雅良

898円
(本体価格855円)

催眠療法によって記憶をなくした有紀彦の目の前には、数人の男。有紀彦は、今の恋人をもう一度好きになるためにわざと記憶をなくしたのだと教えられ、困惑する。その上、箱入り息子である有紀彦の自宅で、1ケ月もの間恋人候補の三人の男たちと生活を共にするという。彼らから日々口説かれることになった有紀彦は、果たして誰を恋人に選ぶのか――!?感動のクライマックスが待ち受ける、ハートフルラブストーリー。

LYNX ROMANCE

徒《あだ》花《ばな》は炎《ほのお》の如《ごと》く

名倉和希 illust. 海老原由里

898円
(本体価格855円)

清廉な美貌を持ちながらも、一度キレると手がつけられなくなる瀧川夏樹。ヤクザの組長の嫡男である夏樹は、幼馴染みで隣の組の幹部・西丸欣二と身体を重ねることで、度々キレそうになる精神を抑えていた。他に女がいても、自分と離れなければいいと思っていた夏樹だが、ある日つきまとわれていた男・ヒデに、欣二との関係を周囲にバラすと脅されしまう。迷惑が掛かることを畏れた夏樹は、ヒデを抹殺しようとするが…。

LYNX ROMANCE

銀《ぎん》の雫《しずく》の降《ふ》る都《みやこ》

かわい有美子　illust. 葛西リカコ

898円（本体価格855円）

辺境地に執政官として赴任しているカレル。三十歳前後の見た目に反し、実年齢は百歳を超えるカレルだが、レーモス人が四、五百年は生きる中、病気のため治療を受け続けながら残り少ない余命を淡々と過ごしていた。そんなある日、内陸部の市場で剣闘士として売られていた少年を気まぐれで買い取る。ユーリスと名前を与え、教育や作法を躾けるが、次第に成長し、全身で自分を求めてくる彼に対し徐々に愛情が芽生え…。

LYNX ROMANCE

一《ひと》つ屋根《やね》の下《した》の恋愛協定《れんあいきょうてい》

茜花らら　illust. 周防佑未

898円（本体価格855円）

恭が大家をしている食事つきのことり荘には、3人の店子がいた。エリートサラリーマンの乃木に、夜の仕事をしている人嫌いの男・真行寺、そして大学生で天真爛漫な千尋と個性豊かな3人だ。半年かけ、ようやく炊事や掃除など大家としての仕事も慣れてきた恭は、平穏な日々を送っていた。しかしその裏では恭に隠れてコソコソと3人で話し合いが行われていたようで、ある日突然自分たちの中から誰か一人を恋人に選べと迫られ…。

LYNX ROMANCE

ブラザー×セクスアリス

篠崎一夜　illust. 香坂透

898円（本体価格855円）

全寮制の男子校に通う真面目な高校生・吉祥は、弟の彌勒との関係に悩んでいた。狂犬と評され、吉祥以外の人間に関心を示さない彌勒と、兄弟でありながら肉体関係を結んでしまったのだ。弟の体しか知らず、何も分からないまま淫らな行為をされることに戸惑う吉祥は、性的無知を彌勒に揶揄われ、兄としての自尊心を傷つけられる。弟にされるやり方が本当に正しい性交方法なのか、DVDを参考にしようと試みる吉祥だが…。

LYNX ROMANCE

ハカセの交《こう》配《はい》実《じっ》験《けん》

バーバラ片桐　illust. 高座朗

898円（本体価格855円）

草食系男子が増えすぎたため、深刻なまでに日本の人口が減少し続けていた。少子化対策の研究をしている桜河内は、性欲自体が落ちている統計に着目していたところ、いかにも性欲の強そうな須坂を発見する。そこで、研究のため須坂のデータを取ることになった桜河内だが、二人が協力し合ううち、愛情が目覚めていく。そんなある日、別の研究者が、桜河内に女体化する薬を飲ませていたことが発覚し…。

LYNX ROMANCE

教《おし》えてください

剛しいら　illust. いさき李果

898円
(本体価格855円)

やり手の会社経営者・大堂勇磨のもとに、かつて身体の関係があった男・山陵が現れる。「なにをしてもいいから、五百万貸してくれ」と息子の啓を差し出す山陵に腹を立てた大堂は、啓を引き取ることに。タレントとして売り出そうとするが、二十歳の啓の顔立ちは可愛いものの覇気がなく、華やかさも色気もなかった。まずは自信を持たせるためにルックスを磨き、大堂の手でセクシュアルな行為を仕込むが…。

LYNX ROMANCE

あかつきの塔《とう》の魔《ま》術師《じゅつし》

夜光花　illust. 山岸ほくと

898円
(本体価格855円)

長年、隣国セントダイナの傘下にある魔術師の国サントリム。代々人質として王子を送っており、今は王族の中で唯一魔術が使えない第三王子ヒューイが隣国で暮らしている。魔術師のレニーが従者として付き添っているが、魔術が使えることは内密にされていた。口も性格も悪いが常にヒューイのことを第一に考え行動してくれる彼と親密な絆を結び、美しく育ったヒューイ。しかし、セントダイナの世継ぎ争いに巻き込まれてしまい…。

LYNX ROMANCE

シンデレラの夢《ゆめ》

妃川螢　illust. 麻生海

898円
(本体価格855円)

祖母が他界し、天涯孤独の身となった大学生の桐島玲は亡き祖母の治療費や学費の捻出に四苦八苦していた。そんな折、受験を控えている家庭教師先の一家の旅行に同行して欲しいと頼まれる。高額なバイト代につられてリゾート地の海外に来た玲は、スウェーデン貴族の血を引く製薬会社の社長・カインと出会う。夢が新薬の開発で薬学部に通う玲は、彼の存在を知っていたが、そのことがカインの身辺を探っていると誤解され…。

LYNX ROMANCE

リーガルトラップ

水壬楓子　illust. 亜樹良のりかず

898円
(本体価格855円)

名久井組の若頭・佐古は、組のお抱え弁護士である征眞とセフレの関係を続けていた。

そんなある日、佐古は征眞が結婚するという情報を手に入れる。征眞に惚れている佐古は、彼が結婚に踏み切らないよう、食事に誘ったりプレゼントを用意したりと、あの手この手で阻止しようとする。しかし残念ながら、征眞の結婚準備は着々と進んでいき…。

この本を読んでの
ご意見・ご感想を
お寄せ下さい。

〒151-0051
東京都渋谷区千駄ヶ谷4-9-7
(株)幻冬舎コミックス　リンクス編集部
「名倉和希《なくらわき》先生」係／「基井颯乃《もといたつの》先生」係

リンクス ロマンス

極道ハニー

2013年4月30日　第1刷発行

著者……………名倉和希《なくらわき》
発行人…………伊藤嘉彦
発行元…………株式会社　幻冬舎コミックス
〒151-0051　東京都渋谷区千駄ヶ谷4-9-7
TEL 03-5411-6431（編集）
発売元…………株式会社　幻冬舎
〒151-0051　東京都渋谷区千駄ヶ谷4-9-7
TEL 03-5411-6222（営業）
振替00120-8-767643
印刷・製本所…共同印刷株式会社
検印廃止

ISBN978-4-344-82811-7 C0293
Printed in Japan

幻冬舎コミックスホームページ　http://www.gentosha-comics.net